中国专业作家
散文典藏文库

中国专业作家
散文典藏文库

迷失的风景

李长春 著

中国文史出版社

目　　录

第一辑　迷失的风景

第二辑　茂兴笔记

第三辑　漫步北国

第四辑　感受越南

第一辑　迷失的风景

缩水的时间

过去，做一件纯棉衣服，第一次洗涤之后长短肥瘦都要陡地小不少，老百姓管这种现象叫作“缩水”。

如今，会缩水的纯棉衣服基本见不到了，可这两个字的应用范围却越来越广，使用的频率也越来越高，其引申意义也越来越耐人寻味。比如：买一只白条小鸡，往公平秤上一放分量不足，叫斤两缩水；购一套预售楼房，实际空间比合同上签的少了几平方米，叫面积缩水；选一套名牌家具，颜料和材料都大不如前，叫质量缩水……诸如此类举不胜举。

然而，时间也能缩水，恐怕很多人就听所未听闻所未闻了。

此次，我和妻子到云南、广西、北京一带游览了两个多月，真是眼界大开也长足了见识。其中，就包括知道了时间也会缩水。

第一次深切体会到时间缩水，是上泸沽湖。

泸沽湖是摩梭人的集聚地，也叫“东方女儿国”。不熄的塘火，浪漫的花楼，神奇的走婚习俗，独特的家庭结构，我们早就想探个究竟了。何况，途中还要游览大理、丽江、香格里拉。充满诗情画意的苍山雪、洱海月、上关花、下关风，也令我们魂牵梦绕神魂颠倒了许久。于是，我和妻子商量，一定要选择一条景点最多、时间最长的线路，尽量看个够、玩个透。

2010年3月30日23点，我们按照旅行社的安排准时乘火车从昆明出发，晃晃悠悠到2010年4月7日清晨4点多返回昆明，用旅行社的广告词说，就结束为时九天的梦幻之旅了。

要说梦幻还真梦幻，我从未感觉到九天时间竟然过得如此之快。

起先，我还以为是应了一位哲人的名言：愉快的时光总是显得十分短暂。掰掰指头仔细一算，就发现不是那么回事了。名为“九日游”，实际连来带去满打满算还不足175个小时，时间整整缩水了四十多个钟头。启程那日23点到零点，一个小时就算一日；归来那天零点到凌晨4点多，四个多小时也算一天。我们大呼上当的同时，也不得不佩服旅行社，把数字的算盘打“到家”了，把文字的游戏玩“成精”了。看旅程安排ABCD地一天不少，即使你发现受骗上当，有理也说不出，人家没有按小时，而是以“天”为单位计算的！

俗话说，吃一堑长一智。我和妻子认真地总结了一下经验，一致认为此次上当，有可能是交通工具没选择对，火车可恶的发车时间，让他们钻了空子占了便宜。

事实上，我们又低估了旅行社的智商。

上西双版纳，我们乘坐的是豪华大巴车。没想到他们打的也是这个时间差——贪黑去、起早归。名为五日游，实则也不到四天。

倘若说，旅程缩水让你有口难言的话；那么，景点缩水就让你欲哭无泪了。

近日，我在互联网上读到一篇文章。有位记者接到群众举报后，微服暗访了一个旅行团。该团在漫漫十几个小时的“上海一日游”活动中，只走马观花地看了不到两个小时的景点，其他时间都是左一个店右一个店地忙着引导游客购物。最后，他通过调查得知，这是一个导游没证件、旅行社没执照的非法组织，组织的非法活动。

实际，正规旅行社组织的合法活动，在这方面也好不到哪里去。

以前，在游客中流传着这样一个顺口溜：上车睡觉，下车撒尿，商点购物，景点拍照，稀里糊涂回到家，一问啥也不知道。后来，有人对这个顺口溜不满意，便对第三句和第四句做了一下补充。即：商店没完没了购物，景点火烧火燎拍照。我觉得这一补充真如神来之笔，就把当今旅游界的现状和游客的遭遇反映得无比真实了。

景点缩水，大致分为两个方面。一方面是：解说缩水。多数导游介绍名胜古迹风土人情都惜字如金甚至敷衍了事；而介绍起定点商店的商品来却挥金如土甚至夸夸其谈。两者之间占用时间比例的悬殊令人瞠目结舌。知道的是导游，不知道的还以为是某商品的代言人、推销员呢。一方面是：游览缩水。小景点走马观花，多则十几二十几分钟，少则三五、七八分钟。不要说面对美景发发感慨抒抒豪情，碰上游客高峰想拍一张理想的照片都是一种奢望。大景点以车代步，车有电瓶车、电缆车，车费当然自理。应该半天游完的地方，就变成了两三小时，应该两三小时游完的地方，就变成了几十分钟。你如果想步行也可以，导游有言在先，误时不待后果自负。言外之意就是说，你要掂量掂量自己的两条腿，倘若觉得追不上“电”的速度就乖乖地上车吧。否则，步行的就不仅仅是这一个景点了。而到了定点商店却是另一幅景象，他们也给规定时间，但这个时间却宽松得很，都是以小时计算的，有的一两个、有的两三个，假如你觉得不够，还可以无限延长。总之，只要你口袋里有钱又不怕上当，几万几十万都不愁没工夫花出去。

旅行社自以为神不知鬼不觉地发明了“时间缩水”。实际，旅客早已心知肚明：旅程缩水，无非是想节省几夜宿费和几顿饭费；景点缩水，无非是让旅客腾出更多的时间去购物。

尽管这种缩水，目前还不能像斤两缩水、面积缩水、质量缩水那样得到法律的制裁，但是比法律制裁还可怕的是他们已经或者正在失去游客的心。我想，如今悄然兴起的自驾游、自助游和房车的迅速走俏，与此绝对不能没有一点关系。

杂乱的团费

“一分钱一分货”，是货币交易的普遍规律，也是市场健康发展的根本保证。而当今的旅游市场，却大胆地打破了这个规律。一样的景点，一样的时间，一样的宾馆，一样的菜饭，一样的交通工具，一样的行走路线，甚至连导游都是一样的，报价却五花八门、千差万别，少的相差好几十，多的相差好几百。既让游客无所适从，久久举棋不定，也给和谐的社会平添了不和谐的音符。

刚入住昆明出租屋的时候，围着一大堆街头巷尾散发的小广告和从国旅、私旅咨询来的信息，宛如面对同样牌子却标着不同价码的商品，先是愕然，继而茫然。紧接着，我和妻子就产生了两种截然不同的意见。

妻子主张报最贵的，理由是好货不便宜便宜没好货；

我主张报最便宜的，理由是物美价廉的事也常发生。

那一刻，虽然我们都在坚持自己的观点，其实心里也都没有数。报贵的吧，怕挨宰；报贱的吧，怕受骗。

正在争执不下、犹豫不决的时候，同事的一个国际长途为我们解了围。

我的这位同事，是几年前嫁到昆明的。此次云南之行，她帮了很多忙，替我们租房子、签契约，准备工作做得十分精细。可是就在我们即将成行的时候，她申报了几个月的尼泊尔之行也成行了。她很歉意地将接机、接风的任务委托给了爱人之后，仍觉得不放心，又千里迢迢地打来了电话。

在电话中，她让我们先在市内转一转，浏览一下滇池、金殿、世博园、民族村……需参加旅行团的景区，一定要等她回来再报。最后还反复强调，这里的旅游市场不是很规范，千万要小心谨防上当。

看来，也只能这样了。

同事回来后，立刻联系了一个女孩。这个女孩在一家大旅行社负责组团工作，她们之间曾打过一次交道。

同事跟她讲，我们将在昆明逗留一两个月时间，要辐射性地游遍云南所有的景区。你们如果合作得愉快，以后他们就不报别的团了。

女孩听后很兴奋，立刻甩出来一个令我们不敢相信的价格。比那些最低的报价，每个人还低了近二百元。但是有个前提，必须守口如瓶。签合同的时候还千叮咛、万嘱咐的，就差列为一款让我们画押了。

尽管正大光明的旅游被她弄得像搞特务活动似的，心里难免有几丝不解、几分不快，我们还是信誓旦旦地答应了。

这是我第一次知道旅游市场，原来也和自由市场一样，是讲究薄利多销，可以讨价还价的。

有了第一次合作的愉快，第二次报团到西双版纳我也没通过同事，就直接和她取得了联系。自认为，这也是对同事承诺的一个交代。

没想到，第二次却让我们大失所望，她以恰逢泼水节游客过多为由几次拔高涨价。结果，我们不幸成了那个团里唯一的天价游客。

事后，我们算了一笔账，这两次团费平均下来，价格一点没便宜不说，反倒多支付了近百元。

同事欢送我们的时候，在酒桌上我无意间把这件事和她说了。同事拍着大腿埋怨我，第二次你干吗还要找她呢？

我说，你不是许诺过吗，总不能让你失信呀！

她说，你这个人也太实在了。那是我给她下的诱饵。否则，她能给你那么便宜的价吗？谁料想，你倒被人家的钩给钓了。

我忙为自己打圆场，买的没有卖的精嘛，正常正常！

虽然嘴上如是说，心里却酸溜溜的不是滋味。

团费的随心所欲，即使游客对旅行社失去了最起码的信任，也给旅游业带来了不安定的因素。据我和多个旅友聊天之后得知，不管是贵了还是贱了，组团者一概讳莫如深地让你保守机密。可是世上没有不透风的墙，同吃同住了几日，有的都产生了很厚的感情，就是闲聊天侃大山，不小心也聊出去侃出去了。何况，凡是人都有虚荣心和自尊心。占便宜的，要炫耀；吃了亏的，要宣泄。其实，有时也不完全是钱的问题，人需要的是公平，是合理。

在我的旅程中，至少有三四次因此导致的游客骚乱事件。有的出言不逊，有的嚷嚷投诉，更有甚者有气无处撒，就在景区乱丢垃圾或乱写乱画。

尽管我一直保持着一个文化人的儒雅，心里也捉摸不透，这千差万别的团费他们到底是根据什么制定的呢？

直至到了桂林，才找到了答案。

在桂林，我们居住在一个朋友的家里。朋友几年前在城乡结合部买了一套房子，装修后始终没入住，听说我们要到那里去，就让邻居把钥匙交给了我们。

距离朋友家不远，就是一家小旅行社。因为报的价格要比市里便宜许多，所以我们游所有的桂林山水，几乎都是通过她们组的团。一来二去，和女老板就熟悉了。

一次闲聊，我问她，旅游的团费，上面没有一个固定的标准吗？

她说，有啊，但根据淡季旺季和客源的多少，可以上下浮动。

我说，同样的季节同样的客源，你这里为什么要比市里低得多呢？

她说，这里是城乡结合部，居住的人大多都是本地农民，旅游的少，你要是住在城里的宾馆，这个价就下不来了，而且宾馆的档次越高，团费也就会越贵。

我说，这不是看人下菜碟吗？也太没有章法了！

她就笑。

我说，你们这样做，游客没有意见吗？

她说，我们都嘱咐游客不能乱讲话，尤其对一个团的游客更不能透露。

原来在团费方面让游客装聋作哑，已经成了旅游业的潜规则了。

我说，人多嘴杂，能瞒得住吗？

这次她没笑。

我却笑了。

真是不敢相信，中国庞大的旅游业，有一些（至少是有一些）竟靠“欲擒故纵”“瞒天过海”之类的小聪明、小把戏、小伎俩，甚至是小阴谋维系着、支撑着。

一个社会只有公平，才能和谐有序地向前发展，一个行业又怎能例外呢？

变味的乡情

世博园，是我们在云南参观的第一个景点。原以为不就是个园子吗，按照门票后面的图索骥，半天时间总能浏览个八九不离十了。

临其境一看，根本不是那么回事儿。双目和双腿立刻变得不够用了，真有一种刘姥姥进大观园的感觉。左一眼右一眼，展馆看得一塌糊涂；东一头西一头，还走了不少冤枉路。

在一个凉亭里小憩了一会儿，我和妻子都不约而同地想到了一个问题：聘请一位无照导游。

无照导游在世博园里很多，有男有女有老又少。只要看见散客入馆，便蜂拥而至。虽然专业知识和表达能力与有照导游相比，充其量也就够个向导水平，但他们有自己的优势，要钱不多还可讨价还价，如果你随身携带录像机和照相机，又能免费提供这两项服务。

我们的想法刚一出口，立刻就被他们团团包围了。这些人操着各地不同的口音，或是向你示强或是向你示弱。示强者，竭力炫耀自己非凡的本事，让你感觉非他莫属；示弱者，拼命倾诉自己命运的不幸，让你顿生怜悯之心。正犹豫着不知选择哪个类型的好，我和妻子同时被一个熟悉而又亲切的声音吸引住了。

那是纯正的乡音。

过去人们只是说，“他乡遇故知”，是人生四大喜事之一。岂不知“他乡遇老乡”，也是人生的一大喜呀！

循着声音望去，一个朴实而憨厚的中年男人，正朝着我们微笑呢！

还有别的选择吗？就是他了。

一攀谈，我和他不止是出生在同一片黑土地上，而且两家之间仅隔着一条江，可以说是共饮一江水长大的。

几千公里之外，能够遇到距离如此之近的老乡，还不知是几世修来的缘分呢？哪里还好意思争争讲讲！于是，就以无照导游中最高的价格成交了。

一路上，我们一边哥长弟短地谈着故乡的风土人情；一边勾肩搭背地浏览着馆内馆外的异域风光。照片没少照，录像也没少录。待到整个园子逛完之时，我和他已经难舍难分了。付完了导游费，互留了电话号码，这位老乡很仗义地说，咱们两个大东北的人能够在大西南巧遇，实在是太不容易了，如此匆匆分手，总觉得是一种遗憾。这样吧，我请大哥大嫂到附近的茶馆喝点茶，再加深一点感情，云南的普洱茶可是闻名世界哟！

参观了一上午，口还真有点干。

听他这么一说，我心也动了，就很敞亮地接过话茬，那也好，不过必须是我做东，你抛家舍业地在外面做这种小生意，挣点钱不容易。

他说，大哥见外了不是？咱们老家的规矩你又不是不知道，初次见面哪有兄长掏腰包的理？何况，在这里我可是名副其实的主人啊！

见他说得有理有据有情有义。我说，那也好，就客随主便吧！不过，你下次回老家时，一定要给大哥一个机会，我的手机号码是永远不会变的。

说话间，我们已经来到了一家小小的茶馆。

老板一边热情地张罗着给我们沏茶，一边熟练地介绍着自己的商品。原来，这家小茶馆，不仅卖茶水，也卖茶叶。看样子，还以后者为主。

茶过三巡，浑身也感到滋润了许多，正不知如何感谢老乡呢，老乡趴在我耳根说，老哥你应该买几盒带回去，这位老板是我的老相识，他的货绝对货真价实。

说着，他就自作主张地替我砍起价来。三个回合没到，那老板竟大度地举起了白旗。言称，看在你们是老乡的面子上，我只能做这桩赔本的生意了。

说完，就报出一个比标价低了一半还多的数字。

老乡顿时给我使了个眼色。意思是说，这回你可捡大便宜了。

出于对老乡的信任，我和妻子几乎没怎么犹豫，就慷慨地买了两盒。

见状，老乡给老板丢下一句"茶钱我一会儿过来结"，就匆匆地领着我们走了出来。千恩万谢地与老乡告别后，我们就兴高采烈地回到了出租屋。

正和妻子欣赏着呢，房东回来了。房东曾经做过十几年茶叶生意，可称得上普洱专家。

一进屋，她就问我们这些东西是在哪里买的？

我们将来龙去脉一说。她惊呼，上当了！你们可上大当了！这种茶，在我们这里白给也没人喝，你们花的却是比最好的茶还高出几倍的价钱。

我说，怎么可能呢！给我推荐又替我砍价的导游，可是我的老乡啊！

她说，现在景区里做生意的和定点商店的老板，有不少打着老乡的幌子骗人。据说，他们专门研究模仿各地的方言土语。你是东北人，就跟你玩“嘎达”，你是上海人，就跟你整“阿拉”，你是北京人，就跟你来“姥姥”，你是天津人，就跟你弄“干吗”。说起来惟妙惟肖、滴水不漏。

我说，世界上还有这种人？那不是语言天才嘛！有这份天赋学几门外语早出人头地了，何必做这种骗人的勾当呢！

房东继续说道，有些人学不来方言土语，不是跟你拉血统，称哪一代先人出生在那里；就是跟你扯姻缘，称自己的老婆或嫂子出生于此。总之，千方百计地让你觉得他不是外人，以达到欺骗的目的。

我说，这个老乡绝对是真的。我们整整聊了一个上午，不要说方言土语说得行云流水，就是对风土人情也了如指掌，再天才也绝对假冒不到那种程度。

她说，即便是真老乡，情也是假的。“老乡见老乡，两眼泪汪汪”的时代已经过去了。如今，这里的景区早就流行了这样一句话：“老乡见老乡，宰你没商量，当面打不死，背后补一枪。”老乡坑老乡的事情多了。

我说，不可能吧？他帮我们砍的价不说，还请我们喝的茶，挺义气的。

她说，那都是假的，他们合伙给你设的圈套。

我说，不对，临走时他还给老板留下一句话：一会过来跟他结算茶钱呢。

她说，你真以为他给老板付茶钱哪，那是他朝老板要回扣呢！

我说，他还给我留了手机号码呢，如果真是骗子谅他也不敢！

房东说，那电话十有八九是假的，不信你打打看。

我摸起手机就给他打了过去，结果真的不幸被房东言中。手机里无情地传来了一个甜甜的女孩的声音，你拨打的号码是空号，请查实后再拨。

我的脑袋“嗡”地响了一声，经济上受点损失是小事，我受不了这种被玩弄的侮辱。

我决定打车，去跟他算账。

房东说，算了吧，就算花钱买教训了。你到世博园找他，首先要花门票钱，能否找到还是个未知数。即便找到了他死不认账，你一个外地人又能如何呢？

我像一只泄了气的皮球，无力地瘫软在沙发上。自言自语道，饭菜馊了叫变味，没想到如今乡情也变味了。

房东哈哈笑道，你这话还真挺幽默的。

我却想哭。

昂贵的门票

“能买起车，却养不起；能旅起游，却玩不起。”这句话，在中国平民百姓里已经成为一种共识，也是被深深困扰的两道难题。

随着汽车工业的飞速发展和疯狂竞争，想拥有一辆属于自己的“坐骑”，已称不上“奢侈”。尤其是名不见经传的小型国产车和二手车，有的价格非常便宜。不说“昔日王谢堂前燕”，都能“飞入寻常百姓家”，只要收入不是很低的人，便能轻而易举地圆了自己的驾车梦。

然而，中国之所以没能像很多先进国家那样达到普及的程度，追溯起来可能就是三个字：养不起。

我有一个小忘年交，几年前赶时髦似的花了几千元钱买了一台快要报废的夏利车。一开始，视若珍宝，把车内打扮得花枝招展，把车外擦拭得明光铮亮，宛如初恋的情人般，与之形影不离。就这样如胶似漆了不到半年，就再也见不到那车的影子了。我以为是报废期到了，他摇了摇头说，让我提前把它给报废了。问其原因，他回答得非常干脆：养不起！紧接着，他掰着指头给我算了一笔账。什么停车、修理、保险、过路等费用不算，仅日益上涨的燃料费，就够我喝一壶的了。再继续养下去，就得喝西北风。

如果说，这位小忘年交道出的是养车人的苦衷——望“油”兴叹；那么，我有一位老领导就说出了旅游人的无奈——望票兴叹。

我这位老领导精打细算、省吃俭用了一辈子。退休后，突然醍醐灌顶、茅塞顿开。携着老伴儿，开始了天南地北的旅游。一个地方多则居住一年半载，少则居住三五个月。

有一次，我听说他从外地回来了，就特意跑到他家，想间接地长点见识。

一细聊，我忍不住笑了。

他在海口住了近一年，竟没去过天涯海角；他在郑州住了七八个月，也没到过少林寺；他在西安住了一百多天，更没看过兵马俑……总之，所到之处的名胜古迹基本都没游览过。

我说，你这不能算旅游，充其量是换个地方生活一下。

他说，我也想游，游得起吗？别的不说，仅门票一项，两个人溜达几个景点，半个月的退休金就报销了。

当时我想，真是“江山易改、本性难移”。看来，他还没有彻底改变“艰苦朴素”的好作风，大钱都花了，干吗还舍不得那点小钱呢？

直到我和妻子也闲云野鹤般旅游了两个多月后，才知道老领导的话不虚，貌似小钱的门票实在不小。

屈指算来，那些天我们一共游览了二十几个景区，只要有点名气、上点规模的景点，票价都在一二百块钱左右。况且，随着节假日的来临和客流量的增加，还要水涨船高。更有甚者，所谓的门票就是名副其实的门票，进了门还要支付一些乱七八糟的费用。

上石林旅游那天，一位当地的导游兴致勃勃地告诉我们，你们真是太幸运了，明天这里的门票就涨价，且一涨就是几十元。

她的本意是想让我们这些幸运儿兴奋一下，没想到却招来了一片抱怨声。

“还涨啊，这已经不算便宜了！”

“可不呗，还让不让我们来了？”

尽管游客的反应出乎导游的预料之外，她愣了一会儿神，还是慢条斯理地辩解道：说实话，这里的门票和其他地区比起来真的不算贵呀！你们知道吗，河北省有个森林公园售出的一种叫作“万通”的门票，一张高达四五千元，就这个价他们仍不满足，还要向一万元进军呢！你们知道吗，四川的九寨沟门票也要涨到三四百元了……

她的话还没说完，旅客的情绪就控制不住了。

人们七嘴八舌地质问，所谓的景区，不是老祖先的聪明才智，就是造物主的鬼斧神工。按理说，只要是炎黄子孙就都有资格欣赏享受！你们凭什么坐享其成，还狮子大张口？我们差什么就得掏钱，票价还一涨再涨？莫非你们是正品我们是山寨，你们是嫡出我们是庶出不成？真是岂有此理！

游客们连珠炮似的质问，问得导游顿时哑口无言。

当然，旅友们的话也不免有些偏激。作为景区的经营者为了维持生存，适当地收取些管理费和维护费也未尝不可。遗憾的是，中国众多地区，都把门票视为一种经济，一条致富的捷径。此举，不仅颇不得人心，亦非万全之策长远之计，很难达到预期的效果。

同为炎黄子孙的海峡彼岸，据说数年来绝大多数景区都没有门票一说，个别的也只是象征性地收一点点，绝不是以“盈利”为目的的。纵观台湾的经济，非但没有落后，反而还跨进了亚洲四小龙之列。

西湖，是中国内地第一个不收门票的4A级景区。

新世纪伊始，他们就打出了“免费西湖”的招牌。这张招牌，像一块巨大的磁铁，立刻吸引了五湖四海更多的宾朋，使“人间天堂”更具魅力，人气倍增。有位专家高度地赞扬了这一壮举，说他们是牺牲了一张门票，却换来了整个杭州的腾飞。事实也确实如此，免费的西湖，不单单让游客数量大增，也让游客流连忘返。从而，交通、商业、餐饮、旅馆等所有服务行业都空前火爆。

据有关方面调查，西湖免费后，杭州的整体经济年均增长18.2%，旅游创汇年均增长16.8%。

这两个数字，我还是抄录2006年一份老资料的。五年后的今天，我想会更上一层楼。

可惜的是，这么好的经验竟然没在中国推广，很多地区还在固守着落后的门票经济。

昂贵的门票，令游客怨声载道望而却步的同时，也给兜售假票和废票的不法分子提供了可乘之机。

我们就不幸地碰到过一次。

在北京某景区，我和妻子正准备到售票处买票，不知从什么地方钻出了几个衣着朴素得不能再朴素的中年妇女，操着一口浓重的京腔询问我们要不要门票。说是团购的，每张可便宜几十元钱。

这种票，我们在昆明参观世博园和民族村时都买过，卖票者也是如此朴实的中年妇女。我估计她们不是下岗职工，就是打工妹，不知通过什么手段，以旅游团的名义买些集体票，然后再以低于市场的价格卖给散客，从中挣点差价。合不合法我不知道，对她们来说，是谋生的一种手段；对游客来说，心里也获得了些许的平衡，也算是两全其美吧？然而，这毕竟不是一桩正大光明的交易，昆明和北京又有本质上的不同，一个是山高皇帝远，一个就在天子脚下。

妻子望望我，我望望妻子。

就在我们犹豫不决的时候，呼啦啦围上来一大群人，你一张他两张地开始抢购了。

我们怕出手迟了买不到，也顾不得三七二十一了，就急三火四地买了两张。

兴高采烈地来到检票口傻眼了，不但被冷酷地挡在了门外，还险些被扣押起来。原来，那是两张过期已久的学生票。

我和检票人员做了一番解释之后，拉起妻子就往售票处跑，唯一一个念头就是抓住骗子，至少不能让她们再欺骗别人了。

到了售票处，哪里还有骗子的身影？

我们正东张西望地不知如何是好，那些和我们同样命运的人也都陆陆续续气喘吁吁地跑了回来。我粗略地数了一下，至少有六七十人，如果按每人被骗去一百元计算，也够立案了。何况，受骗的绝不可能仅仅是我们这伙人。

人多主意也多，有人提议分成两路。一路捉拿骗子，一路找保卫人员。

有对二十几岁的青年伴侣自告奋勇要去抓骗子，说他们是最后买的票，看见这几个人把票递给他们之后，就从售票处右边的一扇大铁门走了。估计，现在还能追得上。

他们的话，给我们增添了很多信心。

我们正要分头行动，有位打扫卫生的老人说，我劝你们还是不要瞎耽误工夫了，没用的。这种事经常发生，没人管。

真的就被老人说着了。

保卫也找到了，骗子也抓到了。

保卫以骗子身上没赃物为由，只简单地询问几句就草草地收场了。

望着骗子示威般大摇大摆远去的背影，有个游客止不住抱怨了一句，没想到在堂堂的首都有冤竟无处申！保卫闻之勃然大怒，高声指责他，苍蝇不叮无缝的蛋，你不图小便宜能受骗吗？

这位保卫先生的话没有错，凡是受骗上当的人多数都是出于贪小便宜。可是话又说回来了，倘若门票便宜，还能有以此为生的骗子吗？即使有还会有人去贪吗？

虚构的景观

大约是三年前，我应一位作家朋友之约，到他所在的县去兜风。那个县，山峦起伏溪水潺潺。冬天，是滑雪的最好去处；夏天，是漂流的极佳场所。一年四季游人不断，在整个省都是数得着的风景区。

抵达的次日，他说，我们县新造了一个景观，你有没有兴趣去看一看？

我说，我对人文的景观不感兴趣，咱们还是看看大自然吧！

他说，不是人文景观，是人造的景观。

我说，那有什么区别吗？

他说，区别大了，你看看就知道了。

人造的景观，我还是第一次听说，就决定和他一起去开开眼。

丰田大吉普，从县招待所出发，沿着盘旋的山路，走了有一个多小时。“吱”的一声，停在了山脚下几幢小木屋面前。这些小木屋，有的老态龙钟，有的苟延残喘，有的东倒西歪……冷眼看去，至少有百年历史，且起码有半个世纪无人居住。

朋友说，到了，下车吧。

莫非这就是县里新造的景观？在我的意识里，人造的风景，不是亭台楼阁，就是假山假水，这反差也太大了。

正疑惑间，从一座小木屋里，飘然而出一位着装时髦的少女。

朋友告诉我，她就是解说员。把我们相互做了简单的介绍之后，那解说员就一边领着我们逐个小木屋参观，一边抑扬顿挫地解说起来。

解说词写得相当出色，可用“文采飞扬”一词来形容。因讲述的是，解放前夕一位英雄智斗土匪并壮烈牺牲的故事，所以催人泪下之处比比皆是。

而我却怎么也感动不起来，甚至有一种被侮辱的感觉。那段历史我十分清楚，不要说土匪居住的小木屋早已不存在了，就是英雄牺牲的地点也距离这个地方很远。

参观完，朋友问我，什么感觉？

我说，这哪里是人造的景观，分明是弄虚作假、篡改历史。不过，把新房子造得这么旧，也真难为你们的父母官了。解说词写得倒很漂亮，只可惜作者把才华用错地方了。

许久，朋友羞愧地说，不瞒老兄，这解说词就是出自鄙人之手，领导指派没办法呀！写完之后，就成了我的一块心病，连上这里来的勇气都没有了，这还是第一次呢！

我已忘记当时是如何安慰这位朋友的了。不过，游完云南、广西、北京之后，我可以告诉他的是，不要过分地责备自己了。如今虚构的景观，绝不仅仅你那一处。

《三国演义》里有个妇孺皆知的故事。讲的是刘备病逝不久，蜀国南面的少数民族头目孟获起兵造反。为了稳定后方便于北伐，诸葛亮决定率兵亲征。在这场战斗中，诸葛亮采取的是“攻心为上，攻域为下”的策略。七擒孟获，又七放孟获。最后一次放他的时候，孟获竟然不走了。他跪在地上流着热泪对诸葛亮说，丞相七擒七纵，待我可谓仁至义尽，我打心眼里敬佩你。并郑重发誓永不造反。此后，不仅他本人放下了武器，还规劝其他闹事的部落归顺了朝廷，使南中地区呈现出了一派莺歌燕舞的和平景象。

孟获这历史性的一跪，既体现了诸葛亮的聪明才智和宽宏大量，也反映了孟获是一个以民族利益为重的人。由此，这个故事便一代一代地被世人传颂着。

然而，时间的车轮旋转到一千八百年之后的今天，远在云南陆良县的五峰山上，竟横空出世了孟获的一座墓葬。墓里有站立的遗骨，墙上有大量的壁画。墓碑上赫然写着："吾遭诸葛亮辱……宁站死，勿跪生……"的字样。文中，充满了对诸葛亮的反感和怨恨。

孟获到底是个什么样的人？是口口相传的？还是碑上镌刻的？游人一时议论纷纷不知所措。

好在有人及时地站了出来，揭露了事情的真相。原来这都是原旅游局长的杰作。十年前彩色沙林景区开发后，他总感觉缺少一点文化内涵，就根据民间传说虚构了这么个景点，亲自导演了一场闹剧。

枯骨是假的，
壁画是假的，
碑文更是假的。

据说，该人还是个出色的科技工作者，已经拥有了近二十项发明创造。就是这么一个对科学无比严谨的人，却对此事草率、马虎到了这种程度。我想，他也不会不知道，严肃的历史是不允许发明和创造，更不允许虚构和造假的。那么，究竟为了什么？他自己心里明白，老百姓心里也明白。

桂林有个名为"世外桃源"的景区，不但名字与陶渊明的散文名篇《桃花源记》如出一辙，据说一景一物也与文中的意境相差无几。尽管《桃花源记》是一篇公认的虚构之作，汪曾祺老先生甚至还把它归纳到了寓言类，但是不管什么体裁，只要是优秀的文学作品无不源于生活。何况，文中所提及的地点，在现实社会中确实存在着，人们普遍认为就在常德市的桃园县境内。常德市归湖南省管辖，与桂林八竿子也碰不着。这无疑又是一个想沾古人光的虚构景观。我认为，不管策划者的本意如何，都很难逃脱“拉大旗作虎皮”之嫌，客观上都会给人一种错觉，仿佛陶渊明的灵感就产生于此。

这话，绝非空穴来风。互联网上，已有一些网友对此说三道四了。

这两个景区我都没有去过。前者，已遭到八方媒体抨击，不知现在是否还在接待游客；后者，据说生意火爆游人如织。一家旅行社的老板几次鼓动我说，那真是个旅游的好去处，能让你忘掉尘世间的一切烦恼。

我说，我怕进那个景区就不知身在何处了，别把你们桂林误认为桃园。

她就哈哈笑。

我却怎么也笑不出来。如此虚构的景观，既是对历史的不尊、对古人的不敬，也是对子孙后代的不负责任，以讹传讹，贻害无穷。

消失的风景

大理的蝴蝶泉，因蝴蝶而得名，也因蝴蝶而闻名。

有史料称，每到春末夏初，成群结队的蝴蝶便从四面八方不约而同地汇聚到泉边。飞翔在长空，如满天彩云；降在地面，似花团锦簇。尤其是交配产卵时节，原本清澈的泉水会变得更加清澈，无数只蝴蝶便沿着倒垂于水面上的枝条，首尾相接串成蝶链，风吹不惊雨打不散……此情此景，不但令多少代游人叹为观止，也引出了一首首优美的诗篇。比如明代杨慎的：漆园仙梦到绍宫，初期轻烟袭泉风。九曲金针穿不得，瑶华光碎明月中。再比如清朝沙琛的：迷离蝶树千蝴蝶，衔尾如缨拂翠恬。不到蝶泉谁肯信，幢影幡盖蝶庄严……当代文豪郭沫若看后，更是心潮澎湃热血沸腾，一气呵成了一首七十余行长诗的同时，又大笔一挥为蝴蝶泉题了名。

最初知道世界上还有这么个如梦似幻的地方，是在电影《五朵金花》里。那个电影反映的是白族一对青年男女之间纯洁的爱情故事，曲折而浪漫。初看时我尚年幼，对于男女之事浑然不知。稚嫩的心灵被深深吸引的不是情节，而是那些景色那些风光，那些铺天盖地翩翩起舞的蝴蝶。随着年岁的增长和知识的积累，我也开始浮想联翩起来。无数次猜测：那些蝴蝶哪一对是梁山伯祝英台的化身？哪一只是庄周的梦中之尤物？也无数次梦想：此生能有机会到那里一游，就死而无憾了。

让我没有想到的是，几十年之后那个梦还真的实现了；更让我没有想到的是，梦实现之日竟也是破灭之时。

那天，我们从旅游大巴车里下来，在导游的带领下，沿着一条曲折的山路，气喘吁吁大汗淋漓地爬行了有半个多小时之后，她回过头来高声宣布，前面就是闻名遐迩的蝴蝶泉了。

我忙振作起精神举目四望，真是不敢相信自己的眼睛。郭老的墨迹依在，清澈的泉水依在。看来，这真是朝思暮想的蝴蝶泉了。可除了摊床前小商贩们吆喝着的，镶嵌在纪念册里的死蝴蝶、涂鸦在扇子面上的纸糊蝶、印制在小手帕上的布蝴蝶之外，不要说结成蝶链的壮观景象了，就连一只活的也没看见。

时值春末夏初，又是碧空万里艳阳高照，正是蝴蝶们相互追逐交尾产卵的大好时机。那么，这些可爱的小生灵们到底都飞到什么地方去了呢？

游客们也都不约而同地想到了这个问题，便七嘴八舌地追问起导游来。导游似乎早就做好了思想准备，像背台词一样流利地回答道：大部分蝴蝶被周围农田里的农药杀死了。侥幸存活下来的，据一些行家说，也因挂满白花清香四溢横斜在水面上，它们喜欢攀援的一株茨蓬被连根铲除而不在这里聚会了。

“悲哀呀，人类的悲哀！”

“看来，这个景点的名字该改了！”

“是啊，一个没有蝴蝶的泉子，还配叫‘蝴蝶泉’吗！”

游客们纷纷地叹息着、感慨着。

其实，即将步“蝴蝶泉”后尘的还有玉龙雪山。

位于丽江市的玉龙雪山，由 13 座大小不同的山峰组成，最高峰海拔达到 5500 多米，以险、奇、美、秀著称于世。不仅气势磅礴玲珑秀丽，而且随着气象的变化而千姿百态。有时，云蒸霞蔚；有时，碧空如水；有时，云带束腰；有时，霞光辉映。更奇的是，山上终年积雪皑皑，山下四季芳草萋萋。既是纳西人心目中的神山，又是造物主对所有炎黄子孙的馈赠。

遗憾的是，就是这样一幅大自然的奇景，却与我们渐行渐远了。冰川消融量在逐年增加，冰舌位置在逐年后退，冰雪面积在逐年缩小。冰雪总面积已由原来的11.61平方公里，减少到了8.5平方公里。19条冰川，也有4条化作溪水。据说造成这种后果的原因，除了受全球气候变暖这个大环境的影响外，还有两个因素。一是"热岛效应"，二是"游人效应"。所谓"热岛效应"，就是指近在咫尺的丽江不断地发展壮大，生产生活排放的大量热流对雪山的侵袭。所谓的"游人效应"，就是指几年前景区在山中修建了一条索道，游人身上散发的热量和呼出的二氧化碳对雪山的威胁。尽管有些专家对后者并不认可，理由是游人太小雪山太大，即使有点影响也是微不足道的，可忽略不计。可当地的百姓却不这样认为，他们觉得积少会成多，量变会变成质变。

入住丽江宾馆那天晚上，我在街上散步，和一位丽江老人闲聊了许久。老人是退休的知识分子，生于斯长于斯。他说，他小的时候，玉龙雪山真是美极了。阳光下晶莹剔透波光粼粼，真像一条汉白玉雕刻的玉龙。如今的雪山却是每况愈下，浑身斑驳无精打采，仿佛是得了一场大病似的。我敢断言，倘若丽江再无节制地发展，游人再无节制地践踏，总有一天，雪山将彻底不雪，奇景将彻底不奇。

我觉得老人的话，绝非杞人忧天。

不过，蝴蝶泉也好，玉龙雪山也罢，和情人岛相比，还都是幸运的。

情人岛，曾被世人誉为镶嵌在洱海南岸的一颗璀璨明珠，垂柳成荫湖水蓝蓝百鸟争鸣轻舟点点，是外地游人向往之地，也是大理市民休闲之所，更是青年伴侣流连忘返之处。就是这么一个人间仙境，竟然随着一项名为“洱海天域”工程的开发，已经在这个地球上彻底地消失了。尽管后来经过立案侦查，认定该工程是官商勾结的腐败工程，也有消息说，政府要不惜血本拿出几亿元，恢复情人岛的原貌。但是，即便真的做成了原来的样子，劳民伤财不说，宛如一个遭到强暴的少女，还能恢复过去的纯真和可爱吗？

年龄的罪过

上丽江旅游之前，房东对我说，一旦进城时有人检查身份证，你就说遗失了。

我说，我又不是网上通缉的逃犯，干吗要撒这个谎呢？

她说，如果我没有记错的话，进入你这个年龄段，就差不多要收古城保护费了。

我说，是我这个年龄段以上的收，还是以下的收？

她说，当然是以上的了。

我说，那不可能。一般来说年龄大的人，相对来讲文明程度也会高一些，很少像年轻人那样，不管不顾地随地吐痰随手丢垃圾。要收也应该收他们的，总不能反其道而行之吧！

她说，你以为他们收的真是什么古城保护费啊？这是巧立的名目！因为年龄大的人购买能力普遍都会差一些，而购买能力差，对导游、对旅行社、对定点商店、对发展地方经济都不利，他们就找了个由头变相收点钱。用样板戏里的一句台词讲，就算是堤内损失堤外补吧！

我说，这就更不可信了。倘若真有此事，年龄大岂不成一种罪过了？

她说，不管你信不信确有此事，本地人都知道。

房东说得言之凿凿斩钉截铁，我仍觉是天方夜谭不可思议。

半信半疑地登上开往丽江的旅游车，就在即将到丽江还没进丽江的当口，车轮“吱”的一声响，停在了一间类似公路收费站的小房子前。刚才还有说有笑的导游小姐，突然板着面孔宣布：按照上面规定，现在开始抽查游客的身份证。说是抽查，却对所有的年轻游客视而不见，眼睛早有预谋似的盯在了几位年长的旅客身上，随之也将一只雪白的小手伸了过来。尽管我猛地想起了房东的话，尽管导游的目的已暴露无遗，一股无名之火却呼地蹿上了我的心头，我毫不犹豫地就把身份证递了过去，心想假如一旦进了那个年龄段，看你怎么制裁我。不料，导游反反复复地看了半晌，最后还是很不甘心地还给了我。事后我才了解到，真该感谢父母晚生了我几天。否则，这一劫是无法躲过的。

另一对夫妇就没有这么幸运了。他们被强行请下车，在小房子里足足待了有二十多分钟。上车后告知我们，他们软话硬话说了一箩筐，情啦法啦讲了一大堆，最后还是以“××岁以上该款必交，此乃上面规定为由”，硬是强盗样从他们每人的口袋里掏去了二百多元钱。

“要是不交呢？”有人问了一句。

“不交？他们就不让车走，我们怕耽误大家的时间，扫了大家的游兴，只好委曲求全了。”夫妻俩愤愤地答。

这一石就激起了千层浪，旅游车里立刻热闹了起来。有人说这里的旅游业太乱了，这笔钱收得一点名堂都没有，找个地方告他们去；有人说，告也没用！我们那地方更不像话，一过六十岁参加旅游团，就要多交千八百元的团费，理由就是一个——购买能力差。去年，有几十位解放初期参加工作的老同志，联合起来一纸诉状将他们告到了市政府，又顶着烈日在市政府大院静坐了好几天，最后也没闹出个子丑寅卯来！

听着大家的议论，我更止不住燃起了满腔的怒火。中华民族历来就是个倡导尊老敬老的民族。史上不知有多少个朝代，不仅将此视为做人的标准，也是做官的尺度。据史料记载，汉武帝时期有个叫公孙弘的人，出身非常卑微，甚至在相当长的一段时间里以放猪为生，就是因为对自己毫无血缘关系的继母孝顺得出奇，便被他所在的诸侯国屡次推荐到朝廷做官。结果是六十岁入仕，七十岁就做到了一人之下万人之上的相位。

历史的车轮旋转到今天，社会发生了天翻地覆的变化，而唯一没有变化且在大力弘扬的，就是这一传统美德。托老所、敬老院、优先入坐、义务体检之类，为老人服务的招牌几乎举目皆是。就在免费乘坐公交、免费参观景点也即将在全国各地开花的时候，以丽江为杰出代表的一些旅游业，却做出这一丧失伦理的规定，实在是不近人情不合时宜，更是和谐社会中一个不和谐的音符。众所周知，他们所规定的那个年龄段的人，多数的命运都充满了坎坷。小时候，不是逃过荒就是吃过糠；长大了，不是下过乡就是扛过枪；进城后，不是待过业就是下过岗……总之，要么肉体留下多种疾病，要么心灵受过沉痛创伤。为国为家含辛茹苦了几十年，好不容易熬到了清闲的日子，或是用日积月攒的点滴积蓄，或是用子女省吃俭用凑的份子，想出来看看风景开开眼界，又凭空遇上了这样窝心的事，怎能不愤愤！

晚上入住宾馆，恰巧这对夫妇分到了我们的对门。我就和妻子决定，到他们房间做做客，也顺便安慰几句。

提起此事，他们的余气仍未消。原来这对夫妻曾在丽江插过十几年队，用他们的话说，把人生最灿烂的年华都贡献到了这里，带走的却是一身病痛。尤其是丈夫，几十年一直忍受着胃病的折磨，退休后做了胃切除手术，现在身体恢复得不错，就决定出来散散心。于是，他们第一个就想到了丽江，想再看一眼浴血奋战过的这片热土，想再看一眼朝夕相处过的乡亲。没想到这片热土，迎接他们的不是温暖的双手；这里的乡亲，兜头泼给他们的是一盆凉水。最后，他们反复强调，说穿了也不是这几百块钱的事，是这种做法让人寒心啊！

那一刻，我唯一想说的话就是，一些为了蝇头小利做出种种对长者不公和不恭行为的旅游业，他们伤的不仅仅是老人们的心，而是整个社会的心呀！

他们真应该好好体会一下孟子的名言："老吾老以及人之老"，和当今社会那句交口称赞的广告词：善待老人，就是善待明天的自己。

导游的脸色

民间有句谚语，叫作：“三伏天，孩子脸。”我想，这个谚语诞生的时候，世界上肯定还没有导游这个行业。否则，流传下来的也许就是另外一句话了。

论起喜怒无常来，普天下所有的孩子与导游相比，都是小巫见大巫，名副其实的小儿科。

刚登上旅游车，不管是男是女是老是少，只要是导游，脸上都和当时冉冉升起的旭日一样光芒四射，说话也文质彬彬和风细雨。往往介绍完本地的风土人情之后，要么讲几个或荤或素的段子，要么开几个或俗或雅的玩笑，要么唱几支或甜或酸的小曲，让你的心情也和他的脸一样阳光灿烂。

然而，随着旅游车风驰电掣般地行驶，前面如果是个风景区，这种笑脸还能暖暖地持续下去；如果是购物店就阴晴难测了。当然，是阴是晴此时导游本人也不知道，这完全取决于游客自己，取决于你手伸没伸进腰包，伸得是深还是浅。正应了《国际歌》里的一句歌词，要创造人类的幸福全靠我们自己。不要以为购物店那么大、游客那么多，就可以自作聪明地蒙混过关，人家的眼睛就是监控，早在某个地方熠熠闪光呢。即使不监控你，店家也会提供一份清单，让你赤裸相见，让他一目了然。

你的手伸进了腰包里，而且伸得还不算浅。那就恭喜你了，至少这一天你会沐浴在一片春风里。你会偏得不少风景介绍、风土人情，还会多听不少段子、玩笑、小曲。如果你的手伸得出乎导游的意料之外，说不准还会得到意外的惊喜。传说有个老年侨胞旅行团，在逗留期间陆续消费了近亿元人民币。乐得导游跟范进中举似的，险些没疯了。不仅白天殷勤招待，晚上也细致入微，如同神话中的阿波罗般，日夜用少女的光辉照耀着他们的整个旅程。让那些久居海外的老游子们，既感受到了神州秀色确实可餐，也体会到了祖国怀抱无比温暖。

当然，上面这个故事是我的耳闻，权当笑话听；下面这个故事却是我的目睹，绝无半句虚言。

在香格里拉的某个购物点，我们团一位四川口音农民模样、怎么看也不像“款爷”“富翁”的老兄，因没经受住导游、司机、店家的层层忽悠，脑袋一热竟一鼓作气买了两万多元的草药。尽管银行卡轻轻划过的那一瞬，他就幡然醒悟，心重重地疼了一下，连呼上当后悔不迭，但是痛苦了他一个，却幸福了我们一车人。那天，我们仿佛陡地掉进了蜜罐里。导游有求必应逢问必答，晚上还破天荒地亲自下厨给每桌端来了两道荤菜，使一向清汤寡水的团餐增加了不少滋味。只可惜我没和那位川籍老兄坐在一桌，不晓得他咀嚼起来是什么感觉。

反之，就惨了。

导游的脸上，轻则乌云密布，重则霹雳闪电。乌云密布时，笼罩你的是阴阳怪气；霹雳闪电时，砸向你的是污言秽语。总之，没有高尔基笔下海燕的坚强，再美丽的景观你也没心思欣赏了。不久前，命丧香港的中国乒坛老将陈佑铭，就是因为缺乏海燕精神，没抵抗住导游的乌云密布和霹雳闪电，而永远倒在了风景路上。在此次事故调查中，据说最后做出的结论是，惹祸的导游没有执照。

实际上一些有照导游和无照导游也大同小异。

从丽江到泸沽湖，要翻过五座大山，需七个小时车程。高处如攀天梯，低处如爬巷道。一路上，精神上要承受担惊受怕的同时，肉体上也要经历颠簸之苦。

因为我们那个团是由散客拼凑而成的，团员都分住在丽江的四面八方，所以旅游车出发前要到宾馆逐个去接。为了减少一点旅途的艰辛，凡是先上车的游客都想抢占前面的座位。其中有两个最舒适的位置，导游却横拦竖挡死活不让任何人坐。一开始，我们都以为他是要留给亲戚或朋友的，直至人上满了车上路了才恍然大悟，原来他是为一对素不相识年逾七旬的老夫妇占的。这就让一车人对导游顿时肃然起敬起来，那对老人更是感动得不得了。行车途中，老大爷非要献给导游一首歌不可。随之，就用浩亮般洪亮的歌喉，唱了一段《红灯记》里的“提篮小卖拾煤渣”，尽管铁梅是女孩，导游是男孩，但谁都明白老人的意思，就是赞扬导游和铁梅一样孝顺懂事。

原来，他是一位退了休的表演艺术家。

唱完，老大爷还谦虚地说，唱不是我的本行，我的本行是变脸，只因没带道具，也就不能献丑了。

这就越发引起了导游对他们的尊重。一路上，只要这对老人下车，他就小心翼翼地搀扶着，嘴里还爷爷奶奶地叫得十分甜蜜。

谁料，幸福时光竟然十分短暂。

泸沽湖之旅有个自费项目，上摩梭人家进晚餐，晚餐后参加篝火晚会。或许鞍马劳顿老胳膊老腿已无力为之，或许年龄缘故对这种活动不感兴趣，或许老艺术家不比当红明星口袋羞涩……总之，到了泸沽湖他们就直接入住了旅店。

这就捅了马蜂窝。

次日归来，旅游车出发之前，导游和司机联手对这对老人开始发难。什么“老要饭花子，老乞丐”“没钱出来干什么？在家等死算了”“都带你们这样的吝啬鬼，我们就得喝西北风”……一顿恶言恶语的臭骂之后仍不解气，又残忍地把他们从最舒适的座位赶到了最不舒适的座位。还凶狠狠地扬言，要不是看在你们一大把年纪的分上，今天你就甭想坐这辆车回去。

两位老人被导游和司机这突如其来的行为吓懵了。尤其是老大爷一生站在舞台上被人仰视，哪受得了这般侮辱？只见他浑身颤抖、嘴唇发青，我们都以为他要发作以牙还牙呢！没想到他憋了半晌憋出一句韵白来：此娃之脸翻得如此神速，令吾这个变脸行家亦自愧不如啊！

我想，老人家的本意，就是想让大家笑一笑，也把自己从窘迫中解救出来。

可惜，一车人谁也没笑。

就是老人这句辛酸的幽默，让我联想到了文章开头的那个谚语，也让我觉得这个谚语实在有必要改一改了。

不驯的车轮

在现代社会里，只要旅游就难免与车轮打交道。而车轮文明与否，将直接关系到游客的生命安全。

此次没出游之前，就听很多到过云南的人说，那里是旅游车事故的频发地，不说三天两头也十天半月就有一起。磕磕碰碰伤筋动骨简直就是家常便饭，至于人仰马翻跌入悬崖亦不稀奇。有个朋友还绘声绘色地向我描述了他目睹的一场车祸惨景。说是亲眼所见一辆豪华大巴，正在他们前面风驰电掣般地行驶着，不知何故，突然一个鲤鱼打挺便箭一样地射进了万丈深渊。一车活蹦乱跳的生命，就在瞬间化作了一摊血色的句号。

听他们讲的时候，我以为这些血腥的事故，应该是道路惹的祸。云南山地面积占百分之八十三，又素以“雄、奇、险、峻”著称。何况凡是美丽的风景，不是雄踞在险要的山峰，就是隐藏在大山的深处。久在河边站没有不湿鞋的，在如此险恶的环境下行车，发生几场车祸也属于正常现象。

身临其境之后，方觉并不完全是那么回事。当下云南的公路都好得令人咂舌，几乎所有的天堑都变成了通途，即便在海拔4000多米的高山峻岭，也宽敞平坦绝无惊险可言。据我数日观察，事故的起因应该十有八九是不驯的车轮造的孽。

车轮的不驯，自然源于司机的违规。

云南一些旅游车司机违规的行为，归纳起来可表现在四个方面。

一是追赶时间。云南的旅游车司机可以说是最争分夺秒的一族，不管在熙熙攘攘的马路，还是在曲曲弯弯的山道，大多都是超速行驶。即便这样也很难保证让游客按时就餐正点就寝。按理说，一条旅游线路的开发，都是经过专家严格考证的。就时间而言，车辆正常行驶，不说绰绰有余，也不会紧张到这种程度。追溯起来，就是因为沿线定点购物店过多、停留的时间过长所致。尽管游览景点时间一缩再缩，司机快马加鞭一赶再赶，仍不能准时到达。

二是过度疲劳。云南的旅游车司机可谓是最辛苦劳累的一族。一天连续行驶十几个小时是正常现象。不管行程几天，导游走马灯似的换，司机和车辆却是固定不动的。印象最深的一次是西双版纳之旅。晚上七点从昆明出发，次日四点到达普洱，游客只在旅店里打个盹儿就又吆喝着上车了，可见司机几乎没休息。更要命的是，此后三天的时间里都是一个司机，我们坐车都疲倦得像浑身散了架般，开车就可想而知了。于是，盘旋的山路上我们不止一次地看到司机打盹儿，我们的心也不止一次地高悬起来。

三是精力分散。云南的旅游车司机可谓是最多才多艺的一族。几乎所有的司机都精通导游业务，当然他们导的不是景点，而是购物点。其熟练的程度，绝不亚于专业推销员。倘若他们在业余时间导一导倒也无可非议。遗憾的是，他们是在车辆行驶的途中进行的。只要我们看见司机戴上耳麦，游客无不提心吊胆。俗话说，一心不可二用。把精力都用在了商品的介绍上，那手那脚就很难把握住分寸了。何况，他们手握的是生死簿，脚踏的是鬼门关。

四是赌气行驶。云南旅游车司机可谓是最别致的赌气一族。开赌气车的司机不足为奇，几乎随处可见。可一般都是在路上和其他车辆或行人斗气，比如在不该超的地方被超了、在不该行人的地方人行了之类。而云南旅游车司机却专门和游客斗气。某地有个自费的篝火晚会节目，只因游客中有七八个没参加，在返回的途中司机就把车开得像飞了一样，料峭的山路下就是万丈悬崖，前面的视线又不好，他却逢车就超，车轮几次都悬在了路的边缘，吓得一车人连大气都不敢喘，妻子一直紧紧地抓着我的胳膊，下车时手都麻木得没有知觉了。

实际上，作为驾驶员，都知道以上四条是司机的大忌，也是造成车祸的根源。那么，他们干吗还要明知山有虎偏向虎山行呢？

一个偶然的机会我与一位司机闲聊了一会儿，终于找到了问题的症结。

有人说，一些导游之所以做出“强迫购物”等伤害游客的事情，其主要原因就是零工资压力大。岂不知，云南旅游车的司机压力更大。他们不单单零工资，连车都是自备的。旅行社只负责使用，却不负责分文费用。一台豪华大巴车从购买到上路，一般都要花掉四五十万元。要想在报废之前这段宝贵的时间里，通过在定点购物店和自费项目中吃“回扣”、拿“返点”等手段，变相从游客身上捞回来并有赚头，就不得不干些违规的事情。

听完那位司机的话，我一时也不知道说什么好。

生存，导致了司机的违规；违规，导致了车轮的不驯。而“违规”和“不驯”合谋着，让美丽的风景路上变得危机四伏起来。

矜持的野象

游览野象谷，就是看野象。

野象谷坐落在景洪市勐养镇北端，一个叫“三岔河”的地方。因这里自古就是亚洲野象、野牛、绿孔雀、猕猴等多种世上珍奇动物生息繁衍之所，其中，又以野象家族最为庞大、出没最为频繁，故又名“野象谷”。20 世纪 90 年代初期兴建为森林公园后，逐渐成了西双版纳地区一个著名的景点。

临出发的头一天晚上，妻子把照相机和录像机都充饱了电，精神也变得十分饱满，兴致勃勃地就等着野象们成群结队地走进镜头了。

然而，遗憾得很，我们每人花六十元钱乘坐着椅子状视线无遮无挡的电缆车，晃晃悠悠地穿越了整条大峡谷，甭说野象了，连一根野生动物的毛都没看见。

其实，这也是意料之中的事。

近些年来随着人类疯狂的捕杀和生存环境不断地恶化，地球上很多宝贵物种都已经灭绝了。即便侥幸存活下来的，或是因为稀少，让人难得一见；或是因为恐惧，对人“敬”而远之。否则，“周老虎”也不会绞尽脑汁，冒着身败名裂的危险，去制造什么假老虎事件了。

导游见游客们脸上都不同程度地流露出失望的神色，就宽慰道，野象谷的野象都矜持得很，是轻易不会与游客谋面的。有人做过统计，据说概率只有百分之一。也就是说，一百个旅游团中仅有一个团的人能有幸见到野象。不过，后面还有一个项目，就是到野象馆里看野象表演，届时会让你们瞧个够的。

尽管看馆里的象和看笼子里的鸟没什么区别，兴味和情趣都会大打折扣，也只能如此了。

旅游车驶进野象馆的时候，距离野象表演的时间还有半个多钟头，导游就让游客们先自由活动一下。西双版纳是热带雨林气候，即使是春末夏初时节，中午也骄阳似火，酷热难挨。我和妻子正想找处阴凉的地方避避暑，突然被一个热闹之所吸引过去了。近前一看，原来是一群游人正轮流着和一只黑熊合影。那只黑熊在一条皮鞭的淫威下，已经彻底背叛了自己的血统。不但改变了祖先遗传的姿势，像人一样直立着摇摇晃晃地走路，也丝毫没有了野性，像人一样时而与游客搭搭肩，时而与游客勾勾背。从而，引得相机咔嚓声不断，人们的笑声不断。

我们的脚跟刚站稳，就有个小伙子跑过来拉生意。说，叔叔阿姨照一张吧，才十块钱。你们看多开心、多好玩啊。

我和妻子都坚决地摇了摇头。

是啊，当今的人类往往只管自己开心、好玩，却很少顾及另一种生命的感受。

抛开这只黑熊由“熊”变成“人”，要经历多么巨大的痛苦不提，大热的天儿，人们穿着背心裤衩还想觅个阴凉处，而它却裹着一身厚厚的皮毛，裸露在光天化日之下，还要机械地、不停地与人做着亲昵的动作，将该如何忍受？

我们只看了两三分钟，就不忍心再看下去了。没想到，更让人惨不忍睹的还在后头。

野象表演的第一个节目叫什么名字我没记住，我觉得唤作“乞讨”再恰当不过了。

在驯兽员的引导下，十几只野象绕着场地反复向游客屈膝叩头。其目的只有一个，就是要钱。

屈毕叩毕，野象摇晃着鼻子从施舍者手中接过十元或二十元人民币递给驯兽员。驯兽员把事先包装好的半塑料袋香蕉或甘蔗挂在它的鼻子上。然后，野象再用鼻子递给施舍者，施舍者接过后，再逐个送到它的鼻子里。

整个过程说起来轻松，对于重达几吨，行动笨拙的野象来讲绝对不轻松。

如此周而复始，驯兽员乐此不疲，施舍者兴趣盎然。

就这样，野象的身躯一次次跪倒爬起、鼻子一次次翻来卷去，换来的只是几粒香蕉和几节甘蔗。在西双版纳，这两样东西都便宜得惊人，十元二十元钱能买一大堆。换句话说，经过野象的一番屈辱、一番劳作之后，人就把几倍甚至十几倍的暴利揣进了自己的腰包。

野象表演的最后一个节目是按摩。

这是一个互动的节目。主持人在举手要求参加的游客中挑选出一男一女两个青年，让他们分别躺在地毯上。两头肥硕的野象出场了。起先，我以为它们是用鼻子按摩。鼻子，是象最轻便、最灵活，也最敏感的器官。出人意料的是，野象竟分别抬起了一只脚，且不偏不倚地对准他们的私处揉搓起来。揉得两位青年羞涩不已，揉得满场游客掌声雷动。越是这样，驯兽员的情绪越高，越迟迟不给野象下达停止的命令。

当时我坐在最前排，清楚地看到陡地变成三条腿的野象，支撑起巨大的身躯来十分艰难，渐渐地满身肌肉开始不由自主地颤抖，而且越颤抖越厉害，看样子马上就要失去平衡了。但它们还在顽强地坚持着、坚持着……似乎心里明白，倘若一旦坚持不住，就会一失足成千古恨。足下那位定会粉身碎骨的同时，自己的下场也好不到哪里去。

时间在无情地流逝着、流逝着，直到人们拍累了，掌声陆陆续续地停了下来，野象才获得了解放。

如果说，第一个节目野象承受的是精神上的屈辱；那么，最后这个节目，它们经历的就是肉体上的酷刑。

有科学考证，大象的智商在动物世界里排行第二，仅次于人类的近亲大猩猩，相当于四五岁的孩子。

在幼儿园里，一个四五岁的孩子，已经能歌能舞、能写能画了。即使没受过系统的教育，也能分辨出好与坏、敌与友。

拥有如此高的智商，近在咫尺的野象谷里的野象，怎么能不知道自己的同类乃至同胞正在野象馆里受苦受难呢！我觉得，它们之所以不轻易与游客谋面，根本不是导游所说的什么“矜持”，乃是出于对人类的恐惧甚至是仇恨。

此言，绝非无的放矢。2009 年发生在野象谷里一个真实的故事，似乎就能证明这一点。

有一只母象在穿越森林防火隔离道时突然临盆，小象坠地的瞬间就不幸夭折了。恰在这时，有一大批游客游经此地。于是，惊心动魄的一幕出现了。母象先是用鼻子卷着小象拼命地拉动，继而用脚不断地踹着小象，最后绝望地发出一阵惊天动地的吼声。与此同时，它始终用仇恨和警惕的目光怒视着游人，誓死不给游人让路，和游人对峙了数个小时，直到游人彻底散了，它才放心地离开小象，缓缓地向大森林走去。

这件事轰动很大，中央电视台都做过专题片。我认为这里有母爱的本能，更主要的是母象对人类的不信任。它不会不知道自己的孩子已经死了，可是即便这样，也不肯轻易地丢弃给人类。

冷静想想，人类在动物的眼里混到这个分儿上，也实在不是一件光彩事。

走出野象馆的那一刻，我悲哀地想，假如人类再不与野象平等相处，恐怕有一天在野象谷里见到野象的概率连百分之一都达不到了。

公开的诈骗

“云南十八怪”，言简意赅、脍炙人口。比如：“鸡蛋用草穿着卖”“摘下斗笠当锅盖”“和尚可以谈恋爱”“新鞋后面补一块”等。

据说，这一怪一怪的，都是外地游人看到云南独特的地理风貌、奇妙的气候气象、多彩的民族风情、别致的生活习俗，惊叹不已之余即兴创作的。久而久之，你一嘴他一舌，竟积累了有八九十个之多。这十八怪，只不过是其中最通俗、最上口、最精彩、最形象的一小部分而已。

如今，“云南十八怪”已经成了云南一张响当当的名片。机场车站到处张贴，导游更是逢“导”必讲。也算是取之于游人，又用之于游人了吧。

记不清是上香格里拉的路上，还是上西双版纳的路上了，导游正兴致勃勃地津津乐道着。有一位操着河南话的旅友突然站起来说，现在你们旅游界又给云南增添了两怪。

导游忙收住话头，颇有兴趣地追问，哦？哪两怪？你不妨说说看！

伪劣暴利无处不在，坑蒙拐骗逍遥法外。那个河南人脱口而出。

导游的脸“腾”地红了。

一车游人“哄”地笑了。

原来这位河南人，来云南也就半个月左右时间，便在导游、司机、讲解员、售货员的联合蒙骗下，于指定的购物店里购买了几千元的商品。结果拿到正式超市一验证，不是假冒、伪劣、“三无”，就是高于市价数倍。也是“愤怒出诗人”，他一气之下，便随口编了这“两怪”。

他的话音刚落，就立刻引起了全车人的共鸣。

有的说，我花二三百元买的银镯根本不是纯银！

有的说，我花四五百元买的翡翠项链也压根不是好翡翠！

有的说，一幅不足一平尺的普通唐卡，被他们涂上一层辟邪、祛病等迷信的色彩，就忽悠去了我六七百元。

有的说，两包不到一市斤，被他们吹嘘得神乎其神的草药，就糊弄去了我八九百元！

说得导游脸红一阵白一阵的。

其实，这位河南旅友所说的“两怪”绝非云南的特产，差不多成了整个旅游界的通病了。

山东电视台生活频道，有个专门替老百姓说话的名为《生活帮》的栏目。头些日子，该栏目派记者暗访了旅行社指定的位于青岛市某地的一家珠宝店。该记者披露的内幕，简直令人难以置信。琳琅满目的柜台假冒伪劣商品举目皆是，几十倍几百倍利润的商品俯首即拾。他随便购买了一件标价660元的翡翠小饰物，拿到珠宝检验机构一检验，既没翡又没翠，价值还不到6元钱。

我虽然在云南期间的命运和那些旅友们大同小异。但是，最令我终生难忘也痛心疾首的是在广西的一次遭遇。

那天，我们乘坐的旅游车从阳朔返回桂林的途中，导游漫不经心地说了一句，根据旅行社的安排，下一个项目是参观一家兵工厂。

平淡的表情，丝毫看不出来是要带领游客购物的样子。

以往购物，导游都口若悬河唾液飞溅地做足了铺垫。如果购保健品，会说此地人如何如何健康如何如何长寿；如果购氧气瓶，会说该地海拔如何如何高空气如何如何稀薄……总之，还没见到购物店的影子，游客早就知道下一个项目是购物，而且是购什么物了。

表情平淡的导游，让游客们从内心里感觉上兵工厂就是要接受一次国防教育，都止不住地感叹，广西的旅游业搞得真好，既抓物质文明又抓精神文明。

一进院，果然兵味十足。大红的五星高高悬挂，带“兵”字的厂匾熠熠生辉，穿梭的男女戎装束裹，虽无领章帽徽也显英姿勃勃。

走进屋，兵味就更浓了。一辆90式坦克当庭摆放，周围簇拥的是子弹和炮弹，“严禁触摸拍照”的条幅，更显军用武器的神秘和森严；四周墙壁贴满了宣传画报，都是先进的现代武器。唯一不协调的就是，武器下面还有几把菜刀和剃须刀。仔细想想也不奇怪，和平年代兵工厂在制造兵器之余，利用边角废料顺便锻打点民用刀具，也属于正常。

讲解员给我们敬了一个虽不标准也算军礼的军礼后，便开始宣讲了。宣讲坦克如何坚如磐石固若金汤；宣讲炮弹如何攻无不克无坚不摧。尽管听着有点像古代那个卖矛又卖盾的人，仍觉得这军钢实在是“钢”。宣讲完毕，她就把我们带进了一个会议室模样的房间。

入座后，我们都以为要进行国防教育了。不料，宣传画上那些占据着次要位置的民用刀具却成了主角，并且从纸上走下来变成了实物。

她先介绍的是剃须刀。剃须刀分一代、二代、三代。一代更比一代不怕水。说着，就把一把第一代的剃须刀，丢在了身边一个装满水的玻璃缸里。说来那剃须刀还真神，通上电之后，便像潜水艇一样游了起来。

接着，介绍的是菜刀。菜刀分排长、团长、将军三个级别。也是一级更比一级锋利。排长剁毛如泥，团长剁皮如泥，将军剁铁如泥。

讲解员滔滔不绝地讲着，剃须刀在水缸中吱吱地游着，菜刀在菜板上咔咔地剁着。

还有什么可犹豫的呢？军钢生产出来的刀就是厉害！瑞士军刀已扬名世界，中国的军刀也将步其后尘了。游客们一边议论着，一边开始掏腰包。

女游客买菜刀，男游客买剃须刀，虽然人们都知道那刀的价格实在高得离谱，也都心甘情愿地接受了讲解员不能讨价还价的要求。一是坚信部队生产的东西货真价实，二是也算为国防建设添砖加瓦。

我也是出于这两个目的，未加思索地花了248元，买了一把二代剃须刀。然后，就像宝贝似的珍藏在了旅行包里，准备回家后送给一位朋友。

广西游毕，在桂林乘火车上北京，恰巧和秦皇岛一家旅行社组织的一个旅游团同车厢。带团导游住在我的上铺，因年龄和我女儿相仿，相互间就平添了不少亲切感。

那小女孩很会聊天，和我们聊的都是两代之间的事。

她说，她随着年龄的增长，越来越体会到做父母的不易，也越来越懂得孝顺了，每次带团出来都要给爸爸妈妈买一点纪念品。

说着，就从斜挎的小旅行包里掏出了两只漂亮的手镯和一把剃须刀。

我一看，那剃须刀和我买的一模一样。就说，你跑这一趟也挣不了多少钱，不都花在你爸爸妈妈身上了吗？仅这把剃须刀就二百多元，这手镯可能就更贵了。

女孩说，也没花多少钱，剃须刀才六十。不过这个厂子挺黑的，据说三十块钱就能买来。他们连导游的钱都赚，真不是个玩意，让他们骗去了一倍。

我简直不敢相信自己的耳朵。忙追问了一句，你说这把剃须刀花多少钱？她说，六十呀！我接过剃须刀仔细地看了一遍，确实和我买的那把出自一个工厂，而且也是他们号称的第二代。就说，不可能吧？我也买了一把，花了将近二百五呢。

小女孩哈哈笑道，叔啊，那你可真成二百五了，上了大当了。

我自嘲地说，二百五就二百五吧，就算为国防建设做贡献了。

那女孩又笑道，叔你又二百五了，听说那家兵工厂也是冒牌货，和部队根本没关系。

我更不敢相信自己的耳朵了。当今世界骗子的胆量是大，有冒充军人的，有冒充警察的，有冒充法官的，有冒充律师的，至于光天化日之下，大张旗鼓、轰轰烈烈地冒充部队开工厂的，还闻所未闻。

然而，事实就是这样残酷。

回到家不久看电视，我被中央台一则披露海南旅游业圈钱的报道吸引住了。看着看着，屏幕上出现了一家和桂林一样的兵工厂，剃须刀也在潜水艇似的游，菜刀也在剁毛剁皮剁铁，只是大厅里的坦克换成了飞机。

主持人说，经过记者走访调查，这家兵工厂是假冒部队的名义开的。所谓的飞机是一比一的模型，所谓的军钢也是普通的钢材。

她说到这里，我突然想起桂林那家兵工厂的解说员说过，如此工厂在中国仅有两家，他们属于海南总厂的一个分厂。

总厂如此，分厂还能例外吗？

难怪导游不动声色，也许她也觉得这样的弥天大谎实在离谱。

难怪挂着“严禁触摸拍照”的条幅，原来一触摸就露馅儿、一拍照就曝光了。

利用人民对子弟兵朴素的感情赤裸裸地招摇撞骗，恐怕是天底下最不可饶恕的骗子了。他们不仅仅伤害了广大的消费者，更重要的是给五星红旗抹了黑。

节目最后，主持人说了一句意味深长的话：这些人缘何如此胆大包天？当地监管部门在干什么！

这惊天一问，绝对代表了亿万观众的心声。

看完电视，我想，倘若那位河南旅友看到了这个节目，又要给旅游界增添两怪了：冒牌军工公开开，普钢充当军钢卖。

名人的悲哀

江苏盱眙、安徽凤阳为朱元璋唇枪舌剑；四川江油、湖北安陆为李白对簿公堂；河北临城、正定二县为赵云撕破脸皮；秦、陇、晋有三地为貂蝉唾沫飞扬；河南永城、安徽亳州为华佗针锋相对；云里雾里的孙悟空即将扎寨山西娄烦；臭名昭著的西门庆也有两省三乡为其剑拔弩张……

誓做名人故里，争当名人老乡，已成为当今中国旅游业一道奇特的风景。不管是帝王将相、才子佳人，也不管是豪杰枭雄、恶棍流氓，更不管是历史人物艺术形象，只要史上有一笔，声名显过赫，则沾边就赖，能抢就抢。有人无奈地预言，如果此风不刹，说不定有一天玉皇大帝、王母娘娘也会被某个地方夺得两败俱伤。

倘若“赖”来的历史正面人物是给今人当旗子，“抢”来的远古反面角色是给后世做镜子，倒也无可非议。遗憾的是，只为吸引游客眼球和捞取游客钱财，就实在不可思议了。

那些或实或虚的历史名人被挣来抢去企图让他们变成摇钱树，心里是什么滋味我不得而知，在云南我却耳闻目睹了活着的名人及其家属在做了摇钱树之后，至少我觉得他们并没有多少自豪感和幸福感。

位于泸沽湖畔的摩梭部落到目前为止，出现了两个公认的女名人。这两个女名人的家，自然也被旅游部门慧眼识珠地定做了旅游点。

第一个女名人，是末代土司王妃萧淑敏。准确地说，萧王妃是汉人。嫁到摩梭后，建学校、传汉文、打土匪、掌大印；解放后，写检查、挨批斗、坐大牢、刷土墙；平反后，飞北京、走安徽、上浙江，办公司。

就是因为这一系列传奇的经历，让她成了泸沽湖的第一女名人，也成了旅游业选中的赚游客口水的最佳目标。

已经风烛残年的王妃，现居住在泸沽湖镇，泸沽湖镇归四川省管辖，此次我无缘与她谋面。

一个曾经两次拜访过这位老人的重庆旅友告诉我，他第一次去的时候，老人情绪还不错，又赠书又签名，讲起自己的经历来也滔滔不绝；最近一次去就不行了，面对游客除了坐在讲她故事的人身边，像听别人的故事一样一言不发之外，其他时间都是偎依在墙根底下抽烟、发呆。

我说，那她的心理素质和承受能力就不错了，换了别人早就变成祥林嫂了。

旅友不解。

她貌似色彩斑斓的一生，实际也是伤痕累累的一生。一遍遍把自己的伤疤亮出来给陌生人看，那种痛苦是常人无法想象的，她又怎能不心力交瘁呢！

十六岁那年，身为国民党将军之女的她，正在雅安一所女子中学里读书。恰巧摩梭土司喇宝臣到雅安拜访四川军阀刘文辉。刘文辉为了与土司联盟，就想学古代皇帝搞和亲。因萧淑敏品学兼备、才貌双全，便不幸成了政治的牺牲品。

此后，这个出水芙蓉般娇滴滴的大家闺秀，跟着年长她二十岁的老丈夫，经历了人世间所有的苦难。先是随其步行了一个多月的山路来到泸沽湖畔，接着又被软禁在一座四面环水的孤岛上。过了七年也算夫妻的生活后，却又离别了整整二十年。在她坐牢期间，薄情寡义的土司竟一次没有去探望过。生了两儿两女四个孩子，他也丝毫没尽到父亲的责任。更悲惨的是，走出监狱不到一年，老土司就撒手人寰了。

试想，她的一生除了无忧无虑的童年、少年外，几乎都是用泪和血凝成的。

无数事实证明，反复倾诉自己心灵的痛苦，就如同反复揭肉体上结痂的伤疤，不但永远不会愈合，还会受到更深的伤害。

摩梭部落的第二个名女人，是杨二车娜姆。

倘若说，萧淑敏是把汉族文化传播到摩梭部落的天使；那么，她就是把摩梭风俗发布到世界的雄鹰。

杨二车娜姆，十三岁那年在母亲和舅舅的支持下，挎着一篮子煮熟的鸡蛋，跟着马帮艰难地行走了七天七夜，终于走出了层层叠叠的大山。之后，入音乐学院学习，做歌舞团演员。随后，足迹开始印遍亚、欧、美，讲学、演出、当模特。1997 年开始著书立说，一部《走出女儿国》，在全世界畅销的同时，也让全世界知道了中国还有个女儿国。

如今，她仍在世界上自由自在地闯荡。

接待游客的任务，自然就落到了年迈的母亲和舅舅身上。

我们到她家的时候，正是夕阳西下的时候。

祖母屋里，除了那盆终年燃烧的塘火外，一切都显得冷冰冰的。炕上，一筐爆米花是凉的，一盘炒黄豆是凉的，甚至连青稞酒和酥油茶也没有一点温度。地下，两张饱经风霜的脸更是挂满冰霜，有游客缠着他们合影，他们才不得不礼貌似地露出一丝木讷的笑容。

我们从进屋到出屋，在长达二十多分钟的时间里，两位老人竟没说过一句话，甚至连肢体语言都没有，实际和吃闭门羹也没什么区别。

导游怕我们尴尬。忙解释说，他们不会汉语，另外也太累了，每天要接待好几拨游客呢！

我说，那咱们就快点走吧，不要过久地打扰老人了。是啊，按照摩梭人的习惯，到了他们这个年龄早该颐养天年，蹲墙根晒太阳了。只是家里不小心出了个名人，才打破了他们原本安享宁静的晚年生活。也许旅行社会按比例付给他们一定的报酬，可是金钱对这对耄耋之人来讲，到底还有多大意义呢？

走出杨二车娜姆家，一抹残阳正照在美丽的泸沽湖上。

假如两位老人知道有今天的辛苦，他们当初还会把孩子送出大山吗？

我问那抹残阳。

残阳无语，只是惨淡地笑了一下，就躲进了西边的大山里。

免费的圈套

“世上没有免费的午餐”，这句家喻户晓的话，原本源于《圣经》里的一个故事。说的是，有个爱民如子的国王，在他的英明领导下，人民不愁吃、不愁穿，过着无忧无虑的幸福生活。有一天，他突然担心起自己离开人世后，子民的日子会不保，就派了几个有识之士普天下寻找秘方。三个月之后，有识之士们编辑了三本厚厚的书。向国王汇报说，倘若人们把这些书都读透了，就衣食无忧了。国王不满意，他认为老百姓没有时间也没有能力读这么多的书，就命令他们回去精炼。又是三个月过去了，有识之士们把三本书压缩成了一本。国王仍不满意，还让他们继续精炼。最后，有识之士们呈现给了国王一句话。这回国王非常兴奋，重重地奖赏了他们。

这句话，就是“天下没有免费的午餐”。国王的本意是告诫子民，要想永远过上好日子，只能依靠自己的双手。

最先，巧妙地歪曲了这句话的是19世纪西方的酒吧和客栈。他们为了吸引顾客光顾，纷纷在门外张贴出“免费三文治和零食”的告示。但顾客光临后，只吃三明治和零食而不买饮料，就会毫不客气地被驱之门外。

原来，他们设的是一场骗局，目的就是卖价格不菲的饮料。

我不知道继19世纪那些酒吧和客栈之后，还有没有人继承过他们的衣钵，当今中国的旅游业却把这种伎俩发挥得淋漓尽致了。

“免费品尝功夫茶，免费喝本地咖啡，免费洗脚按摩”，不管浏览旅游小广告，还是电话咨询旅行社，首先吸引你眼球、震撼你耳膜的，就是这些免费项目。不但这些项目是普通百姓可望不可即的高级享受，而且茶叶是极品，咖啡是极品，洗脚店更是极品。没等享受，就先让你醉三分了。

直到享受了才如梦方醒，原来这只不过是一个美丽的诱饵。所谓的免费，往往付出的代价不知要比自费惨重多少倍。

第一次享受免费待遇，是在游览完云南某个景点返回驻地的途中。一路劳顿，旅客有的正要昏昏欲睡，有的已进入梦乡。导游突然高声宣布，再走几公里就可免费品尝功夫普洱茶了。

云南是普洱茶的故乡，普洱茶曾一度被炒作得神乎其神，什么既有超乎寻常的保健功能，又有无比广阔的升值空间，随着地位的不断攀升，价格也青云直上。一时间，不但成了礼尚往来的首选，也是行贿受贿的佳品。如今虽然像长春的君子兰一样，已渐渐淡出人们的视野，但是瘦死的骆驼比马大，头上仍残留着一圈耀眼的光环。

又是“名茶”又是“功夫”，这简直就是双重享受，游客们立刻来了精神，那几公里的距离也就变得格外漫长。

好不容易盼到了，现实却和想象的大相径庭。

一般来说，喝功夫茶要有古香古色的桌椅，古香古色的茶具，一个着装和相貌都很古典的美人，一边轻声细语的讲着茶道，一边慢条斯理地给你斟茶。

功夫茶，功夫茶，品茶是次要的，主要是看表演者的功夫。

而这里一切都没有。

随着工作人员的手势，我们沿着柜台和用柜台隔出的弯弯曲曲的长廊往里面走。有人递给我们每人一只比酒盅大不了多少的一次性纸杯，并被告知此杯不能丢，要一路用下去。果然，这一路每走几步就有一个男孩或女孩往你的杯子里倒一点茶水。然后，便向你介绍起该茶如何如何好，又如何如何便宜。待你发现这哪里是让你品茶，而是向你推销茶的时候，你已经像钻进圈套般没有退路了。原来此长廊是单行道，其规则比高速公路都严格，只能义无反顾勇往直前，不能，也不准你走回头路。步入迷魂阵，喝了迷魂汤，任谁都很难抵得住那些男孩女孩的软硬兼施，再加上俗话说得好："吃人家的嘴短，拿人家的手软"，慢慢地也都败下阵来，开始情愿和不情愿地选购了。

品功夫茶如此，喝本地咖啡亦然。

就这样，我和妻子仅在免费招牌的诱惑下，就稀里糊涂地购买了七八百元的茶叶和咖啡。

后来，到昆明超市一验证，少说也多花了三四百元，有的竟比市价高出好几倍。

免费品茶的目的是向你推销茶叶，免费喝咖啡的目的是向你推销咖啡。那么，免费洗脚按摩，该不会隐藏什么猫腻了吧，总不能向你推销洗脚水吧？

如果你这样想就又错了。

第一次免费洗脚的时候，游客们也十分兴奋，奔波一天了洗洗脚按按摩，该是何等的惬意呀！

结果，端上来的是没有温度的水，按摩者既不懂穴位，又不肯卖力气，象征性地摆弄几下之后，就开始给你的脚挑毛病。不是干皱龟裂，就是味道难闻……总之，一个旅游团好几十号人，在他们的眼里几乎没有一双健康的脚。随之，就会陆续走进几个穿白大褂的"专家"为你诊断、开药。药没名字也没批号，据说都是祖传了多少代的秘方。既然历史如此悠久，价格自然就便宜不了，有的一个疗程几百，有的一个疗程上千。

或许你会问，既然是免费项目不参加总可以了吧？

我可以响亮地告诉你：不可以！

我们团有一对新疆夫妻，游完石林就准备赶晚七点的大巴上西双版纳。刚踏上返程路，他们就和导游苦苦哀求，免费洗脚的项目我们就不参加了。否则，会赶不上那趟车的。可是，直至到了洗脚店，导游也没答应。眼看晚七点已到，那对夫妻急了，车还没停稳就跳了下来。嘴里说了一句，一个免费项目我们就不参加，看你怎样？说完就扬长而去了。导游冲着他们的背影喊，都一大把年纪了还那么天真，你们以为世上真有免费的午餐啊！你们不参加我们捞不到店里的回扣不说，连人头费都没有了，这一天不白陪你们玩了吗！说完，就拼命地追了过去。

得，一语道破天机。

神化的山岭

几年前，我到浙江慈溪旅游。走出火车站的瞬间，仿佛一下子回到了蒋家王朝。

蒋家饭店、蒋家旅馆、蒋家老屋、蒋家陵园、蒋氏旧物陈设、蒋氏生平展览……弹丸之地，竟有两三对装扮成蒋氏夫妻模样的人，时不时地拉着你合影留念。据说，其中还有一位著名的特型演员。

讲解员在长达一两个小时的讲解中，对蒋氏也是褒多贬少，甚至不乏溢美之词。听得游客或是目瞪口呆，或是交头接耳，或是窃窃私语。有个七八岁的小男孩，陡地来了“初生牛犊不怕虎”的劲儿，冲着讲解员高声谴责道，你说得不对，蒋介石是个大坏蛋。

当时，不少游客都为那个小男孩报以了热烈的掌声。

现在想来，那个小男孩真是天真得可爱。据报载，连文学作品里臭名昭著的西门庆都有人在争，连口碑不怎么佳的曹操墓都有人在抢。争来抢去的目的，无非就是吸引游客眼球，赚取游客钱财。而要想达到此目的，他们也定会给这些人的一生描绘得色彩斑斓。

按这个逻辑推理，在蒋氏脸上涂点金抹点彩不是正常现象吗！

然而，让我至今也无法想通的是，参观接近尾声的时候，讲解员给我们出的那个谜。

她指着前面一座海拔不高也没什么名气的山峰，让我们猜猜它酷似什么？

我们绞尽脑汁也没猜出来。

最后，她扬扬得意地自揭了谜底，你们看某某地方像不像一个人的额头？某某地方像不像一个人的眉眼？某某地方像不像一个人的嘴巴，某某地方像不像一个人的长衫？这不简直就是一个活脱脱的仰躺着的蒋氏吗？继而，她又补充道，这座山绝非普通的山，它就是真龙天子的化身，倘若某个地方不被挖掘，那条龙脉不被破坏……她刚想继续说，张了张嘴终于有了些许顾忌，把下面的话咽了回去。

其实，她不说游客们也心知肚明。

把一座山视为一个人的化身，就够胡说八道了，又将一座山的完好与否，扯到一个政权的存亡上，更是无稽之谈！作为文化使者的讲解员，如此弘扬地方文化，不管出自什么用心，至少是不负责任的表现。

实际，如此神化祖国山峰的事情，在当今旅游业绝不仅此。

随着一阵阴森怪异的音乐响起，屏幕上缓缓走来了一座巍峨挺拔的雪山。不知是因为山上的积雪终年不化，还是别的什么原因，总之，这座雪山被当地百姓尊为神山。千万年来他们一直像神一样供奉朝拜，不但自己不敢涉足，也决不允许外地人攀爬。

历史的车轮旋转到了21世纪的某一天，突然从东瀛来了几个登山爱好者，非要征服这座山不可，本地登山协会的一个职业运动员，出于外交上的礼节也决定随之前往。他们突破了当地居民的围追阻截，义无反顾地开始了行程。结果，还没等爬到峰顶，就来了一场昏天暗地的雪崩，所有人都不幸遇难了。

这是我们在云南的一辆旅游车上看到的一个宣传片。

该片的真实性不容置疑。有时间、有地点、有人物，完全具备新闻的三要素。

错就错在导向上。

错误之一：极力宣扬中国那位队员出发后，其子种种不祥的预感。意思是，神山已经事先提出了警告。

错误之二：遇难者逝世一周年之际，他们的家属来到雪山下祭奠亡灵，一开始乌云密布雾气缭绕，待他们开始呼唤自己亲人的名字时，突然云开雾散，雪山像劈开一样放射出万道霞光。给观众的感觉就是神山显灵了，在阴阳之间开辟了一条金色大道，让他们见最后一面。

尽管直系亲属间的心灵感应，科学一时还无法解释；雪山瞬间的阴晴，普通百姓也很难理解，但是人为地涂上一层迷信的色彩，甚至极力渲染为神的旨意，绝对荒唐至极。

我国有数不尽的高山峻岭，它们或千姿百态妩媚动人，或雄奇壮观充满阳刚。这造物主的鬼斧神工，不仅让我们对这片神奇的土地更加热爱，也世世代代流传着很多美丽的神话。

远的不说，与这座雪山遥遥相望的格姆山，因其形状酷似婀娜多姿的睡美人，就流传下来几个美丽的神话。

其中，最脍炙人口也最深得民心的是：传说泸沽湖一带早年并没有山，而住在北方的格姆女仙经常和几个男山神，在夜幕的掩护下，到泸沽湖里边游泳嬉戏边谈情说爱。待雄鸡报晓之时，就又飞回了北方。有一天晚上，众山神等了许久，格姆女仙才姗姗而来。他们正要像往常一样欢欢乐乐地玩耍，不料雄鸡已唱东方已白，这就意味着他们谁也飞不回去了。于是，格姆就落户在泸沽湖畔，变成了格姆山。众山神也紧密地簇拥在她的周围，变成了哈瓦男山、则支男山、阿沙男山等雄性的山峰。格姆女仙非常善良，此后经常骑着一匹白鹿四处云游，不但保佑了这一带人畜兴旺、五谷丰登，还让女儿国里的女人们各个体壮貌美婚姻美满。在赐给人类幸福的同时，她自己也获得了幸福，众山神都成了她名副其实的阿注（即伴侣），过着无忧无虑的生活。农历的七月二十五日是格姆女神的生日，每到这个时候，众山神都会聚集到她身边为其祈福。

你瞧，这是一个多么美丽的神话。

神话和神化，虽然仅有一字之差，甚至只是音同字不同，却有着本质的区别。前者，给人的是一种精神上的享受，让人善良向上；后者，给人的是一种恐怖的感觉，让人愚昧无知。

旅游车上那个宣传片放完之后，有一个五六岁的小女孩，就神情紧张地问她妈妈，世界上真有神吗？

她妈妈一愣，继而回答道，这都是人编造出来的，目的是让我们敬畏大自然、保护大自然。

那女孩虽未出声，脸上却明显流露出半信半疑。

我很感谢这位母亲的聪明和机智。可是，她这简短的一句话，就能抹去那个长达两个多小时的宣传片，在孩子幼小的心灵里刻下的深深烙印吗？

第二辑　茂兴笔记

作为抗洪救灾工作组的一员，
我曾在小镇茂兴生活过半年，
尽管那些日子已经渐行渐远，
那人那畜仍常令我思绪万千。

——题记

洪 水 船

上船前，一位农民打扮的长者风趣地说：“我这辈子坐过河水船、江水船、海水船，还是头一回坐洪水船呢!”

此话，是幽默，亦是实情。

松花江、嫩江百年不遇的一怒，不仅以迅雷不及掩耳之势吞噬了肇源县大批民宅，也使很多丰腴的土地久久陷入一片汪洋之中。自大庆市到茂兴镇原本有一条平坦的公路，而此时那条公路已有相当长的一段距离变成了航道，只有乘坐四个多小时的船才能辗转抵达。

那条被长者戏称为“洪水船”的船俗名叫“捞子”，模样极似一只大拖鞋。无舱无舷，光秃秃平展展的船身周围只悬着一根拇指粗的钢丝绳。钢丝绳内横七竖八地摆放着大大小小的纸壳箱子，一群男女老幼或立或坐在箱子的缝隙处，我作为“救灾重建”工作队的一名队员也夹杂于其中。

一开始，我还以为箱子里装的是救灾物资，那些人是上什么地方探亲访友的呢！开船后才知道，他们是重返家园的灾民，而纸箱里盛的是洪水袭来之时仓皇带走的部分家当。随着洪水船缓缓向彼岸驶去，满船响起了久别重逢的感慨和劫后余生的喟叹。人们义愤填膺地诅咒那场大洪水，七嘴八舌地倾诉流离失所的艰辛。其情其景，可用《智取威虎山》中的一句唱词概括：字字血声声泪。

已由脱缰野马变成温驯羔羊的洪水轻轻拍着船帮，似在抚慰他们受伤的心灵，又似有满腹苦水要吐。其实，对于这场南北夹击的大灾难，有关科学家早已做出公正的裁决。除了“厄尔尼诺”现象作怪外，人也有不可推卸的责任。20 世纪 50 年代打倒了一个马寅初，使黑头发黄皮肤猛增了几个亿。人增加了，土地却没有增加，如同锅还是原来的锅，平添了许多勺子，粥变得少了，人就变得格外贪婪了。于是，龙的子孙如狼似虎般，一次次乱填乱平江河湖泊，乱砍乱伐崇山峻岭，乱捕乱杀其他生命。东北有句老话说，兔子急了还咬手呢！何况历经数亿万年的鬼斧神工千锤百炼，各种生物链条已经井然有序，各种地形地貌已经错落有致，各种颜色声音已经搭配得天衣无缝的地球，岂能容忍肆意践踏。

实际，这场大洪水既是大自然铺天盖地的反抗，也是给人类亮出的一张黄牌警告。

据中科院院士沈国舫先生在一次中国环境与水土保持会议上分析：森林覆盖率若能达到 26%，发生水灾的概率就可减半。以此推算，森林覆盖率若上升到 52%，不说人类从此可免遭洪水的侵袭，起码这场大洪水可以避免。而森林覆盖率若降到零呢，世界的未来就不堪设想了。绝非危言耸听，恐怕“桑田变沧海”的日子不会太远。试问，没有陆地谁能生存？尽管有人想推翻达尔文的进化论，说人是海豚变的，就算这条理论成立，已“人”了几百万年的我们还能恢复成海豚吗？再指望耶和华派一个诺亚之类的伟大人物做个方舟吗？别说那只是西方的一个神话，即使变成事实，一个小小的方舟恐怕也难以载下如今东方的芸芸众生。

忧心忡忡告别洪水船，在奔赴茂兴镇的路上，我看见了一个更让人忧心忡忡的场面。几个年轻的农民正奋力砍一棵树，那棵树的周围已躺下了一大片它的同类。我止不住疾步上前质问他们为什么砍树，其中一人白了我一眼：“搭桥。”我说：“搭桥也不准砍!”那人又白了我一眼：“你管得着吗?”我说：“怎么管不着?我们都能管得着!”说着，我把手向后一挥，那是些刚刚从洪水船上走下来，刚刚从死亡线上挣扎过来的人，我相信他们会支持我。

可是，没谁吱声。

我感到很孤立，也感到做一个坚持正义的人太难了，那些于众目睽睽之下孤军作战的见义勇为者真该大树特树。从憨厚的农民手里拯救一棵树都如此之不易，何况在坏人的利刃下拯救一个人了！深知凭自己单薄的力量已无法阻挡那些粗壮的胳臂。许久，我长叹一声：“人啊！长点记性吧，再这样下去生的路都没了，还搭什么桥!”

不料，我的话音刚落，周围便爆发起一阵惊天动地的笑声。

他们一定怀疑我是精神病患者。

我偷偷扫了一眼笑得前仰后合的人群，突然发现刚才在洪水船上哭的最凶的那位中年妇女，笑得也最凶。

我的心被深深地灼疼了。

鸡啼喔喔

久居都市，已习惯了每日清晨在汽笛和马达的喧嚣声中醒来。耳畔冷不丁飘来一阵喔喔鸡啼，还以为是在梦里呢！揉揉眼睛方醒悟，自己真的来到了乡下，并将以“救灾重建”工作队队员的身份在这里生活六个月。

昨天晚上听镇长介绍灾情，说全镇损失家禽不计其数。那么，处于同样的地理环境面对同样的大灾大难，这些有幸尚存的鸡，之所以能够将生命完整地延续到现在，唯一的解释就是智慧超群。在铺天盖地的大洪水袭来之时，它们不是迅速地飞上树梢，就是敏捷地跃上屋顶。又想，如此聪颖的生灵，难道此刻仅仅是想用啼叫将我唤醒吗？

我虽然头一次做下乡干部，但因生在乡下长在乡下，对这一角色并不陌生，当然总体看多数下乡干部是好的，能够与农民同吃同住同甘共苦，但也有些人官气十足，讲吃讲喝讲派头。广大农民对这种现象早已深恶痛绝，20 世纪六七十年代说他们是“四个兜下屯，小鸡小鸭没魂”。八九十年代又说他们是“端个膀缩个脖，吃完鸡鸭吃大鹅”。可见，这种现象有增无减愈演愈烈。我有个邻居，前年被派往一个贫困地区去扶贫。走时体重 140 斤，回来竟猛增到 170 斤。结果，贫困地区依旧贫困，他却成了减肥对象。人们讽刺他到农村抓“秋膘”去了，他自己也到处炫耀在乡下吃得如何如何好。工作队解散时，村里已无鸡可吃，村长就派人到镇上去买。所谓买，实际也是羊毛出在羊身上，钱先由村委会垫付，秋天再变个花样摊给农民。每当他津津乐道此事时，我心里就酸溜溜地不是滋味，眼前总会浮现出童年的一件往事。

那是我上小学三年级或四年级的时候，有一天放学回家，见父亲正气喘吁吁地抓鸡。那只鸡是我家当时唯一的一只鸡，一场瘟疫之后仅有的幸存者，名字叫“小白”。小白双腿修长满身银色，样子十分可爱。全家人视它如珍宝，都指望靠它的肚子换一点油盐酱醋。或许是它无同类相伴，我们之间年龄又相差最小的缘故，它对我感情特别深，平时总是影子似的尾随于我。它见我走进院儿，便遇到救星般，一边声嘶力竭地向我呼救，一边奋不顾身地向我扑来。我忙把它抱起，问父亲为啥抓它。父亲说，杀，一会儿下乡干部到咱们家吃饭。我说，他来吃饭，就非吃鸡不可吗？父亲说，不吃鸡，大苦春头子给他啥吃！说着，便把鸡从我手中夺了过去。

我哭着跑进屋里向母亲求援，不料正在烧水的母亲也在哭呢。她先是抹了一把自己的眼泪，又替我擦干了泪水，颤声说，下乡干部能够到咱们家吃顿饭不容易，咱哪能怠慢了人家呢！当时，按生产队规定，上边来的干部只能在贫下中农家吃饭，作为中农的我们家是享受不到这份政治待遇的。那天被派饭的那家女主人不知何故喝了农药，队里就临时抱佛脚改派到了我家。队长一再强调，这是对我们家的信任，定要向党捧出一颗真心来。言外之意，吃好吃坏就是站在贫下中农这边，还是站在地主富农那边的立场问题。父亲一半是出于激动，一半是想表现一下，就一咬牙决定杀鸡款待。小白再可爱再珍贵，和“立场”问题比起来，就显得微不足道了。

那顿晚餐是在一盏昏暗的煤油灯下进行的，很凄惨。除了陪酒的父亲强作笑颜象征性地啃了几块鸡骨头外，一家人的筷子都没往菜碗里伸……

日月如梭，斗转星移，谁想到三十多年后，我也鬼使神差地成了下乡干部。

喔喔鸡啼声又一次在耳边响起，我突然觉得那些鸡是在呜呜地哭。

我再也躺不住了，一骨碌从床上爬起来，疾步走到屋外。想告诉这些智慧超群的鸡，我不会成为第二次洪水；也想告诉九泉之下的小白和父母，我不会成为当年坐在父亲对面狼吞虎咽的那位。

品味空气

听到组织上让我参加“救灾重建”工作队的消息，我很高兴。除了诚心诚意想亲手为灾区人们做点什么外，也渴望畅畅快快地品味一下农村新鲜的空气。

那种香喷喷甜丝丝清爽爽的空气真是久违了。目前城市的空气都不好，而我居住的这座重工业城市情况更糟。20 世纪 70 年代初期，我刚参加工作时，整个市区举目是平房，满眼是烟囱，乌乌的黏黏的石油化作的炊烟也是黏黏的乌乌的。赖在天空遮天蔽日久久不散。一天下来，浑身上下没有一处干净地方，连嘴角鼻孔眼窝额头都是黑的。后来，楼房取代了平房，液化气取代了石油，排烟罩取代了烟囱，可各种厂房又雨后春笋般地崛起，各种车辆又蝗虫马蜂般地扑来，它们排泄的废气虽然有的灿如霞有的白如云，但是味道却同样的难闻，对人体造成的伤害是同样的严重。如同化装成美女的毒蛇也是毒蛇一样。

随着千奇百怪的疾病接踵而至，都市人开始像怀念绿色食品般怀念起新鲜空气来。绿色食品现在市场上还偶有出售，如果你怕上当受骗，担心花的是绿色食品的高价，买的是“灰色”或“黄色”的食品，只要口袋里有钱办法也有。据说，有家刊物办火了挣了大钱，主编在给每个员工购买一处宽敞漂亮住宅的同时，又在郊区承包了一片土地，雇了六七个经验丰富的农民专门为他们生产不上化肥、不打农药、不施除草剂的蔬菜和粮食。而新鲜空气在城里是无法买到的，无论你是一手遮天的权贵还是腰缠万贯的富翁。尽管伴着歌吧酒吧的诞生，街头巷尾也冒出些氧吧，别说这种氧吧的价钱是以分秒计算的，布衣百姓根本享受不起，就算能享受得起，人造的氧气又怎能与天然的氧气相提并论呢？空气空气，顾名思义就是浩浩长空之气，一只两米多长几十公分宽的桶装容器里释放出来的东西能与之媲美吗？于是，都市人开始以“观光”“旅游”为借口纷纷往乡下跑，有的甚至干脆辞掉了工作到农村安家落户。去年我在电视上看见一对到农村办养猪场的青年夫妇，他们在接受记者采访时就直言不讳地说，一是农村天地广阔，可以大有作为；二是农村空气新鲜，可以延年益寿。

其实，现在农村的空气也不像想象中的那么新鲜了。

到茂兴镇的次日清晨，我就迫不及待地跑到了野外。然而，一呼一吸了许久，终未品尝出童年的味道。记得小时候有个头疼脑热家里没药，母亲就说，别总在炕上躺着了，到外面透透空气就好了。那时候的空气能否治病我不得而知，而肯定的是吸一口会浑身舒坦。春天，有嫩草的清新；夏天，有百花的芬芳；秋天，有五谷的馨香；冬天，有冰雪的凉爽。我初到茂兴之时时值夏末秋初，空气里该是既含百花的芬芳又含五谷的馨香之时，也就是说该是最沁人肺腑最令人陶醉的时候。但我呼来吸去，总感觉有一种辣号号苦森森的味道。

一开始，我以为是都市污染的空气飘散而至，后来发现农民自己也在糟蹋生活的空间。走遍村村屯屯，满目是胶轮式或铁链式拖拉机。这些设备大多是老掉牙该淘汰和原本就不合格的产品，使用的燃料也大多是廉价不达标的劣质柴油。马达一响震耳欲聋，车轮一转浓烟滚滚，吓得鸡也飞狗也叫，大姑娘小媳妇都躲得远远的。难怪有一首民谣说：“看着一溜烟，听着一串炮，以为鬼子进了庄，原来是铁牛到。”农业实现机械化，是我们喊了多少年的口号，奋斗了多少年的目标。然而，只想从笨重的体力劳动中解放出来而不顾其他，恐怕也不是倡导者的原意吧？

那种香喷喷甜丝丝清爽爽的空气，是上帝以慈母之心恩赐给万物的乳汁，但愿我此生此世还能有机会吮吸到。

锁着的狗

“只闻犬吠，不见狗影”，这是我初到茂兴之时，感到非常奇怪的一件事情。走村串户搞调查了，才发现原来家家的狗都被锁在了院子里。

一位主人解释说：“现在的狗凶得很，不锁不行！只要放出去就咬人，而一旦咬了人，不管能否传染上狂犬菌，都要给受害者打疫苗，一个疗程下来就是百八十块，赔不起呀！”

我半信半疑又自以为跟狗有一种与生俱来的情意，就故意往那条狗身边凑了凑。那条狗果然凶神恶煞般地向我扑来，倘若没有铁链束缚着和主人呵斥着，恐怕真的成了“受害者”。

记得几十年前乡下的狗都是散养着的，几乎街头巷尾旮旯胡同随处可见。那时候的狗大多数也都非常厚道，即便碰到陌生人，只要你不侵犯它的利益，也只是出于本能象征性地汪汪几声，很少有张开血盆大口伤人的。幼时，我体弱多病性格又孤僻，一个年龄段的孩子们都不屑做我的玩伴，唯有那些熟识和不熟识的狗不嫌弃我，肯与我嬉戏耍闹。自家的狗就不用说了。有一次我随母亲到刘娘家串门儿，她家那条狗在当时来说就算很厉害了。见鸡咬鸡见鸭咬鸭，见着飞禽的影子也要追出一段距离，生人更是不敢靠近半步了，而它却与我玩闹了两个多小时，摇头摆尾舔这舔那。若说那狗是势利眼吧，当时的我不说破衣烂衫，浑身上下也补丁摞补丁，绝无阔少的模样。临走时连刘娘都不解地说："八成这孩子是狗托生的，咋啥样的狗见他都亲呢！"

是不是狗托生的我不知道，总觉得自己似乎真跟狗有一种特殊的缘分。

1986 年初，我调到区武装部工作。武装部的弹药库里养了十几条有户口本吃供应粮的警犬。其中有一条是俄罗斯什么犬的后代，据说它有位先辈在侦查一起国际特务大案中战功显赫，活时上过功劳簿，死后上过纪念碑，不知该犬是遗传基因作怪警惕性惊人，还是自恃名门出身高傲得不行，总之，除了喂养它的饲养员以外，其他人一概咬之。有一天饲养员突然病了，竟没有一个人敢喂它。一是年轻好胜，二是见那狗饿得可怜，我几乎未加思索就端起了狗食盆子。部长忙拦住说，你新来乍到的更去不得。我说，让我试试看！他说，狗饿急了更凶，我仍说，让我试试看！部长见拦不住我，就像送我上战场般千叮咛万嘱咐了一番，又浑身上下给我武装了一遍才放行。我走到狗栏旁，边唤着它的名字边把狗食盆放了进去。那狗仅叫了几声，就醒悟似的向我摇起了尾巴，然后便放心地狼吞虎咽起来，我得寸进尺顺势又摸了摸它的头方凯旋将军般撤了出来。部长是个老军人，说话直来直去，事后他拍着我的头说，没看出来，你小子还真挺有狗缘儿！

谁料被部长荣幸地誉为"有狗缘"的我，十几年后竟栽到了茂兴镇一条普通的狗嘴下。

是像那位主人所言，现在的狗变得凶恶了必欲置人死地而后快，还是人的残忍唤醒了狗的保护意识万不得已自卫之？

狗自从驯化为家畜之后，历史上只肩负两种职责，或是护院或是狩猎。而近年来人类却又赋予它们一项新的使命——壮烈献身。看看现在，狗肉饭店、狗肉餐厅、狗肉酒楼，狗肉世界几乎遍地开花。我家附近有一个狗肉馆，门面不算大又地处偏僻角落，每日竟也要吃掉七八条狗。那些从四面八方购来的狗，按照先后顺序依次被吊在门前的一根电线杆子上，凄惨的叫声此起彼伏不绝于耳，弄得整条街腥风血雨鸡犬不宁。这只是一家，十家百家千家加在一起呢，统计一下每天要有多少条狗命丧九泉。如此大规模的屠杀，怎能不令狗界震撼、震惊、震怒呢！

随着狗肉的风靡于世，我也不知不觉染上了嗜狗肉的恶习。尤其是受狗肉能祛寒补气等广告的诱惑，且愈吃愈疯狂。几年来，虽没亲手杀过一条狗，却也亲口吃掉了不少条。释迦牟尼在《楞伽经》中说，食肉者令其余众生感到恐怖，并产生憎恶心理，如同狗见到屠户和猎人，会群起而吠之。如此说来，我吃了那么多狗，狗欲咬我无疑属于正常现象了。是我的不义才造成了狗的绝情。倘若刘娘家那条烈狗和武装部那条警犬在世，它们也决不会对我有好感了，我想。

圈养的猪

高高的红砖墙，密密的铁丝网，水泥浇铸的地面，钢筋焊制的门窗。一天二十四小时在里面吃在里面睡，仅有的几次到外面拉屎撒尿的机会，每次还绝对不能超过十分钟。

不要以为以上我描述的是关押犯人的某座监狱，此乃是一家普通农户的猪舍，而且整个茂兴镇的猪舍几乎都如此这般。仿佛是从一个模子里倒出来的，只不过有的贫民些有的绅士些而已。

曾以憨头憨脑傻吃傻睡闻名于世的猪，究竟做了什么错事统统被囚进了大牢？莫非它们也像锁着的狗一样，由于人类无情地屠杀而进行过疯狂的报复？

我曾一本正经地问一位老农。

那位老农忍不住扑哧一声笑了：“你们城里人真会幽默，这是‘圈养’，哪能叫蹲大牢呢？”接着他重申：“不光是这里，如今的猪几乎都这么个养法。”他见我面露惊愕之色，又掰着指头列举了圈养的诸多好处。我听来听去所谓的诸多好处实际上就是一条：圈养的猪长膘快，尤其是喂上一种掺有催肥剂的饲料之后。过去散养一年也很难长到二百斤，而现在少则半年多则八个月就可出栏。

无需赘言，出栏早无疑就提高了主人的经济效益。那么，为了钱就把另一种生命禁锢起来是否有点太不讲究了。

猪，历来都是无忧无虑自由自在的。

原始时代是如何奔波于山林呼啸于山林就不说了。即使驯化为家畜以后牛被戴了嚼子马被拴了缰绳，它们也没遭遇过任何羁绊。为了使猪类活得开心，世上三百六十行中还专门有一行是替猪服务的，即——猪倌。猪倌职责就是将众多的猪拢到一起到野外放牧。春天，让它们啃草根；夏天，让它们吃蒿叶；秋天，让它们遛垄沟垄台失落的庄稼。在此期间，不仅猪的食欲得到了满足，玩欲性欲亦可尽情施展。小时候，我和村里的猪倌放过几次猪，觉得放牧的猪真是活得逍遥自在，整天你追我逐欢蹦乱跳，嘴里还常哼哼着小调。尽管抓完了“秋膘”，大多数的猪就距离死亡不远了，但短短一生既饱览了大自然的风光，又饱尝了天地间的秀色，就是走上断头台那天，相信它们也不会有太大的遗憾。

然而，不知是谁别出心裁发明了“圈养”。

一百多年前，外国有位叫阿尔贝特·贝怀泽的哲学家，曾提出一个名为“敬畏生命”的学说。该学说首次把人类同情的范围扩展到地球上所有的生命。其核心就是渴望造就一种对自然生命负有道德义务的新人，并渴望这种新人能够把所有处于黑暗之中的生命拯救出来。可一百多年之后的今天，我们不仅没有成为这种新人，反而受日益膨胀的利己主义的驱使，把一种接一种的自然生命推进了更黑暗处。因此，多少种生命已经或濒临灭绝我不想说，就拿圈养的猪来讲吧，令它们远离阳光远离同类，吃饱了睡睡醒了吃，浑浑噩噩日复一日，让它们活着和让它们死了有什么区别?

我如此说，也许有人会认为我矫情，长着一张人嘴替猪说话。其实，就是站在人的立场上，猪圈养之后也没给我们带来什么好处。从那位老农简短的几句话中，我明白了为什么近年来的猪肉没有猪肉味，有的甚至如同嚼蜡，这除了猪的饮食结构发生了根本的变化外，与圈养也绝对有关系。古人云：宁吃飞禽一两，不吃走兽半斤。此话的潜台词就是，不管什么动物，活动量愈大肉愈鲜美也愈有营养。

“你不给我自由，我就给你劣质肉”，从另一个角度讲，谁知这是不是猪们对人类一种默默的报复呢？

与鼠同居

公元1998年初冬的某夜，有鼠闹门。

当时，我正失眠。据说失眠是文人的通病，且愈是大文人病得愈厉害。有文章透露日本著名作家、诺贝尔奖金获得者大江健三郎，曾一度只能依赖药物入睡，最终导致深度安眠药中毒。遗憾的是在已逝的岁月中，我从没得过这种病，因此也常常怀疑自己算不算个文人。那晚失眠纯属偶然，工作队的其他队员陆续回家换季，偌大一栋房子只剩下我一个人。人本来就是群居动物，恰巧又赶上停电，万籁俱寂漆黑一团，无人聊天，无法读书，一种跌进非洲大裂谷般的孤独感，使我久久进入不了梦乡。

门上的声音大约是零时左右响起的，很微弱很杂乱，似扒似挠又似啃或是三者兼而有之，倘若是平时这点动静对我根本构不成“骚扰”。怎奈人一失眠听觉就变得格外灵敏，神经就变得格外脆弱，那声音也就扩大了千倍百倍般一下下叩击着我的耳膜。

凭着两个多月抗洪救灾的生活经验，我当即断定是鼠。乡下鼠多。尽管民间有人统计过，此次百年不遇的大洪水伤亡最惨重的是鼠类，作为重灾区的茂兴镇损失自然也不会少，但我来到这里之后，看见最多的野生动物仍然是鼠。田间有，村里有，镇上也有。而且经过这场大劫难的磨砺，它们的胆量也似乎大了许多，有时竟公然在人们的眼皮底下，大摇大摆地闲庭信步，大张旗鼓地谈情说爱。仿佛在向人类示威：大风大浪我都闯过来了，还能在你们目光的小河沟里翻船？

我们栖身的那栋房子是镇政府淘汰的办公室，左边的一间已改作米仓，右边的一间已改作菜库。想必这只鼠一定是吃饱喝足之后，欲觅一个温暖舒适的地方过夜。

怎么办？是驱之灭之，还是听之任之，或是……遵循国人普遍对鼠类的态度行事，我无疑该采取前者。过街的老鼠没招谁没惹谁还人人喊打呢，何况它已经欺负到家门口了。

但我却迟迟下不了决心。耳闻它制造出的噪声，设想它瑟瑟发抖的样子，我竟莫名其妙地产生了怜悯之心。眼前跳出了两年前读过的一篇文章。那篇文章记叙的是驻守在青藏高原某哨卡的一名战士，终年见不到四季的变化和其他生命，那份寂寞是不言而喻的。有一次部队首长检查工作，带进哨卡一只苍蝇。这位战士竟如获至宝，精心地把它喂养起来。后来，那只苍蝇因缺痒一命呜呼了。他伤心地哭了很久很久，又怀着沉痛的心情为这只苍蝇举行了葬礼。刚看那篇文章的时候，我以为作者故弄玄虚兜揽读者，此时我相信了它的真实性。俗话说人之将死其言也善。其实，人孤独到深处也会变得格外善良。极易珍惜和同情一切生命，哪怕这种生命是人类深恶痛绝的。当我意识到这一点之时，已身不由己地做出了一项荒唐的决定：请鼠入室与其共眠。

我先是蹑手蹑脚地用一块破毛毡给它搭了一个简易的床，又迈着猫步将门启开一道缝。我刚返回被窝，就见一条三寸余长的黑影倏地闪了进来。我对那条黑影说，床也给你搭好了，我也有些困了，咱们签个君子协议，都好好睡觉，谁也不许打扰谁。听说鼠也分三六九等，富人家的鼠溜光水滑，穷人家的鼠蓬头垢面，书生家的鼠满脸清癯……你非田间的野鼠，亦非村中的民鼠，而是镇里的官鼠，相信你会有点知识讲点道德的……然而，鼠毕竟是鼠，我的话还没说完，它就止不住乱窜起来。一会噼噼啪啪掀翻牙具，一会叮叮当当撞响脸盆。这时困意已排山倒海般向我袭来。我手敲床沿脚踹床板以示警告。它休战片刻，又改变了战术。忽而把牙咬得吱吱作响，忽而把地刨得摇摇欲坠。我接二连三地发出警告，它周而复始地变换战术。瞧那架势，它哪里是来过夜，分明是我们之间有几世冤仇特寻机报复的。

我气愤至极也悔恨至极，下决心把它驱逐出境或砸成肉泥。刚好头一天镇党委为丰富工作队的业余文化生活送来两副象棋，我撕开棋盒，也顾不上哪是将哪是帅哪是黑哪是白和“马走日象走方”的清规戒律，一枚接一枚地循着响声掷去。可叹的是，别的老鼠都鼠目寸光，它却好像长了一双千里眼，我的“武器”在此地爆炸，它制造的声音总在彼地响起，又仿佛它有孙悟空的本事，瞬间变化出无数只老鼠与我为敌。“子弹”消耗一半儿，我已绝望透顶，照此下去别说把它砸成肉饼，就是驱逐出境亦非易事。我第一次感到人的渺小，有时渺小得根本对付不了几寸长的低级动物。当六十四枚拳头大小的棋子都做了无谓的牺牲，东方已露出了曙色，那只老鼠也不知了去向。

我边打着哈欠收拾满屋残局，边总结与鼠同居一夜的经验教训，觉得有得也有失。得：无论何时何地不能认敌为友；失：下乡时带去的一双崭新拖鞋平添了两个窟窿。

渴望蛙鸣

也有鸡啼犬吠，也有驴欢马叫，也有田野山歌，也有夕阳牧笛……可到了茂兴镇之后，我总感觉如今的乡下缺点什么。缺点什么呢？直到工作队放假回家随朋友下了顿饭店，直到服务员端上一盘香喷喷的红烧田鸡，我才蓦地意识到原来缺的是蛙鸣。

关外的蛙鸣和关内的蝉叫一样，曾是农村夏季一道亮丽的风景。

“七九”一过，沉睡一冬的蛙就和江河一起苏醒了。这时候的蛙不叫，似乎也没时间叫，整天一心一意地忙着谈情说爱和繁殖后代。草丛是它们的新房，池塘是它们的产房。当满塘小蝌蚪在青苔上下相互追逐着追掉了柔软的小尾巴，它们爱情的结晶也摇身一变成了名副其实的蛙了。天气一日日炎热起来，幼蛙也一日日成长起来。第一场夏雨刚刚淅沥淅沥地润湿地面，大蛙小蛙就抑制不住满腹激情开始比赛歌喉。它们先是怯怯地小声咕咕，继而是大胆地高声咯咯，后来就伸长脖子肆无忌惮地放声呱呱了。那池塘也就顿时成了大舞台，彻夜演奏着多声部的交响乐。

据说，蛙分“石蛙”“雨蛙”“牛蛙”等十几种，但我儿时见过的蛙只有三种。用东北的土话说，一种叫“青乖子”，一种叫“哈什蚂”，一种叫“癞蛤蟆”，尽管这三种蛙有的俊俏有的丑陋，但声音一样清脆悦耳，都是民间优秀的“口技”演员。粗听，它们的叫声一个旋律一个韵味；细品，却是缓急有致抑扬顿挫的。缓时，如雨打芭蕉；急时，如万马奔腾；抑时，如窃窃私语；扬时，如战鼓齐鸣。倘若再认真分辨，甚至还能听出小号的高亢，黑管的婉转，铜镲的轻颤，古筝的回旋……难怪历史上很多大文豪，闻蛙鸣而心潮澎湃，奋笔留下一首首千古绝唱。像王维的“熟梅天气已初收，何处蛙鸣隔火楼”？陆游的“水满有时观下鹭，草深无处不鸣蛙”。赵师秀的“黄梅时节家家雨，青草池塘处处蛙”等。蛙鸣，不仅令诗人变得更诗人，也常常使不是诗人的人诗兴大发。父亲是一个大字不识的农民，在我的记忆里他一生中说过的唯一一句带有诗味的话，就是“枕着蛙鸣，睡觉踏实”。父亲认为蛙是灵物，既知道季节的变化，又能预报年景的好坏，叫声愈稠愈风调雨顺五谷丰登。所以，他爱蛙爱到发傻的地步。有一次，铲地不慎铲伤了一只蛙，他小心翼翼地将它捧回家。冲半碗盐水给伤口消了毒，又敷上一层云南白药，用纱布缠了又缠，才放心地让它重新回归到大自然里。那瓶云南白药是我一位当兵的表兄送给他的，他平时视若珍宝，连自己身上割了口子都舍不得用，只是用尿杀杀菌撒一把土面而已。

其实，何止父亲，那时候的乡下人都爱蛙。

三年自然灾害期间，饥饿的乡亲们挖光了满山遍野的野菜，扒光了大树小树的树皮，他们也知道“青乖子”肉肥嫩鲜美，“哈什蚂”肉营养丰富，却很少有人对蛙动杀戮之念。有时我们小孩子饿急了馋急了忍不住捕获几只，母亲会吓唬道：“蛙是财神，吃了蛙家里就没钱花了。”老师也会严肃地说：“蛙是益虫，吃了蛙地里的庄稼就长不好了。”我们呢，也只好乖乖放掉了。

在生命最该受到威胁的时候都熬过来了的蛙的家族，如今到底遭到了什么横祸？

茂兴镇有草有水，本是蛙生活的好地方；下乡伊始时值三伏，也是蛙鸣叫的好季节，可一连数日我竟没看见一只蛙影，没听见一声蛙鸣。可怜的蛙呀，是五花八门的农药给你们带来了灭顶之灾，还是都变成了商品被残酷地摆上了都市的餐桌？

总之，我渴望蛙鸣。

屠夫屠妇

茂兴镇镇政府左侧有一家小型农贸市场。说它小，除了占地面积不足一千平方米以外，客流量也不大，卖主往往比买主多。

但是，肉摊旁却有一个热闹处，常常被人们围得里三层外三层。

那是一个露天屠宰场。肉贩子从各家各户贩来的大小牲畜均在这里屠宰。他们之所以选择这里，无疑是促销的一种手段。目的是让顾客亲眼看看自己的商品货真价实，牛肉就是牛肉，马肉就是马肉，绝非挂羊头卖狗肉。同时也能证明新鲜，不打水。

屠宰者是一对中年夫妇，可谓“职业杀手”。一刀下去到摆上摊床，于肉贩子处得到的报酬是一张皮毛一副下水。下水当即出售，皮毛须带回家阴干硝制之后方可卖掉。

弥漫着血腥味的杀杀戮戮，该算是世上一项最残酷的职业了，可看他们屠宰却是一种艺术享受。

肉贩子将捆绑好的或垂死挣扎或拼命号叫的牲畜往他们手里一交，连看都不看一眼就蹲在一旁或聊天或吸烟了。妇用单膝压住牲畜的头，用双手钳住牲畜的耳，看不出怎么用力，再暴烈的家伙也像被点了穴位般乖乖就范了。这时，夫不慌不忙把双刃刀往油渍麻花的帆布围裙上噌噌磨了几下，然后，箭步上前手起刀落，如疾风似闪电，随着一股鲜红的热血泉一样喷涌而出，那牲畜已不知不觉不疼不痒地结束了生命。该煺毛的，一人抱头一人拽尾往身后烧得滚沸的大锅里一扔，两只雪白的刮刀于氤氲的热气中上下飞舞，仿佛眨眼工夫，锅中之物已赤条条地一丝不挂了；该扒皮的，一人从两条前腿开始一人从两条后腿开始，两把刀均看不见如何起如何落，只听一阵春蚕吞桑叶般沙沙的响声，就很快于腹部胜利会师了。

开膛破肚更是这对夫妇的拿手好戏。面对纵横交错盘根错节的五脏六腑似乎早有明确分工，你撕心他扯肺你摘肝他切胃，一步一步进行得有条不紊，如取囊中之物。

整个过程就是再庞大的牲畜也超不过半小时。一切都在不言中，又像一招一式都踩着一种旋律，假如有一把短笛或一支长箫伴奏，用不着编排就是一支绝妙的舞蹈。看着他们操作，我明白了什么叫“琴瑟共鸣”“夫唱妇随”。那种默契是无影灯下医生和护士之间的默契，尽管一个是拯救生命一个是制造死亡。也觉得作为一匹大限已到的牲畜能够如此迅速快捷地殒于他们之手，实在是几世修来的福。

因久经杀场，这对夫妇不仅练就了一手过硬的刀上功夫，而且对不同牲畜对待死亡的不同态度也了如指掌。

他们说，人类凭着三寸灵巧之舌给自己编织了很多冠冕堂皇的词句。什么“宁死不屈”“视死如归”“死而无憾”等。其实，一旦大难临头，没有几个能做到脸不变色心不跳的。有的甚至为了保全性命，不惜出卖灵魂出卖同胞，沦为可耻的叛徒。而动物却不，虽然它们拙嘴笨腮没有豪言壮语，但英雄就英雄狗熊就狗熊不藏不掖自始至终，活着是什么样死时也是什么样。

马可谓畜类里的豪杰。一生或长鬃飘逸驰骋疆场，或挺胸阔步拉车驾辕，面对屠刀也双目圆睁不卑不亢，颇有一副“二十年以后还是一条好汉”的劲头。驴和马属于一个品种里的两个民族。古今中外驴马通婚是常事。虽然繁殖的后代不雌不雄不阴不阳，但英俊潇洒气宇轩昂，其价值往往高于它们的父母。威武雄壮的马之所以娶身小力薄的驴为妻，就是因为它们的血管里流着相同的血，都有一副铮铮铁骨。而且驴有时比马性格更倔强，脾气更暴躁。平时推碾拉磨百依百顺，倘若无端遭到主人的训斥或鞭打，它就会暴跳如雷、嘶叫不止。面对屠刀，它把这种性格和脾气发挥到了极致。头颅高昂双眼充血，好像在愤怒地谴责你"拉完磨杀驴吃"。羊善良，牛忠厚。一辈子吃的都是草，挤出的都是奶，奉献永远大于索取。面对屠刀，羊往往咕咚一声跪在地上，牛常常是眼里滚出大颗泪滴。从不反抗也没有怨恨，似乎在向你依依惜别，也似乎在向你表示："来世我还做羊做牛，为你鞠躬尽瘁。"那份持之以恒的善良和忠厚，有时真让你无法下手……

说到这里，两个人的眼圈都有些红。

我说："看得出你们也是善良的人，为什么偏偏选择了这一行呢?"

妇说："当初家里穷，做别的买卖没有底子钱，就误入歧途了!"

夫说："既然干上了，只好拼命地练本事，让牲畜少遭一点阳罪，也算给自个积一份阴德吧!"

言罢，二人久久不语。

衍福寺

衍福寺位于大庙村，大庙村的名字肯定源于衍福寺，而衍福寺却没庙。

衍福寺的庙是解放初期被一把火烧掉的。

火，似乎对庙总是格外青睐。历史上焚烧一尽的庙不计其数，仅举世闻名的就有白马寺、少林寺等。只是那些庙化作废墟之后又很快在废墟上耸立了起来，而衍福寺的菩萨却至今仍借居在一家淘汰的供销社里。

没有肃穆的庙自然也没有森严的门。门是用一根根胳臂粗的杨树干编织成的，龇牙咧嘴歪歪扭扭。不需要敲亦无法敲，沿着树干之间的缝隙将手伸进去解开里面的绳结即可。

走进院，首先跃入眼帘的是墙上的两幅标语。一幅写着“大力提倡晚婚晚育”；一幅写着“一对夫妻一个孩子”。绝非是谁有意跟佛家过不去，标语显然是供销社时代的产物，笔画隐隐显显斑斑驳驳，有明显的风擦雨刮之痕迹，且年复一年。从两幅标语中间入室就是所谓的“大殿”了。大殿里或坐或立着大大小小十几尊观世音泥像。因大脑的天空里总盘旋着此地曾是“营业厅”的念头，就感觉这些泥像不是供人叩拜的圣物，而是等待出售的商品。大概凡是游客都有这种错觉吧，香炉冷冷清清，蒲团了无跪痕。联想到游览过的很多佛前香烟袅袅跪者如云的情景，尽管我不是信仰三世因果、六道轮回的释家弟子，也禁不住为这十几尊泥像打抱起不平来。同是神的化身，它们之所以遭到如此冷遇，不就是因为在世俗的眼里失去了寺庙的外包装吗！

据史料记载，衍福寺扩建于清朝晚期。当时清政府对蒙古人实行“怀柔”政策，定喇嘛教为国教。一时间，喇嘛寺在蒙古境内雨后春笋般崛起。资格最老的衍福寺，荣幸地被皇上敕封为郭尔罗斯后旗旗庙，所以再造后无论占地面积，还是人员编制，都居旗内所有寺庙之首。山门殿、钟鼓楼、左右侧殿、经堂、东西藏经楼、后殿应有尽有。寺内繁盛时期拥有喇嘛三百余人，活佛以下等级分工明确，戒律严格，按照各自的职称从事应承担的寺务和劳动。每年农历六月十五日为经会日，这天寺内要举行盛大的仪式，跳查玛舞、祭敖包、赛马、摔跤、射箭、打布鲁、施肉粥、人欢马叫热闹非凡。

遗憾的是广大农民翻身做主后，将宗教信仰误为封建迷信，赶走了喇嘛砸烂了佛像，把81间宽敞的禅房改作了粮库。不久，又因一粮管员玩忽职守使寺庙毁于一旦。

好在寺庙前的影壁和双塔因是砖石结构幸免于难，并很快被省政府列为重点文物保护起来。

影壁壁长16米、高5米、宽1米。墙上四角雕着彩绘蔓草花纹，中间是圆形图案，正面为“海马朝云”图，反面为“二龙戏珠”图，平直的脊端饰有龙形鸱吻。双塔东西排列面南而立，似同胞兄妹又像恩爱夫妻，难怪民间有“一雌一雄”之说。白色的塔身均雕着带角的8个兽头。不同的是东塔兽头毛向上，每具兽口都衔着彩色璎珞。双塔各开一个龛门，四面装饰着联珠状的彩绘图案。东塔为双龙飞舞，西塔为莲瓣和蔓草。两塔之间这些微小的差别，也是它们“雌雄”之说的由来。

双塔和影壁构成一个标准的三角形。如果双塔是一只巨兽的双目，影壁就是巨兽的嘴巴，这就产生了一个美丽的传说。传说很早以前，半华里之外的嫩江水总泛滥成灾，土地荒废民不聊生。有位赤脚道士说，此乃为一只恶龙所为，并建议在这里修建双塔和影壁。双塔压住恶龙的眼睛，影壁压住恶龙的嘴巴，它就再也无法肆虐了。

然而，传说毕竟是传说，1998 年这场百年不遇的大洪水更是证明了这一点。双塔和影壁虽不能制止洪魔作怪，却保住了衍福寺的遗址。假如这三座建筑物也不幸焚毁或不被省政府列为重点保护对象，恐怕连“衍神寺”这个名字也随着那场大火化为灰烬了。

现在衍福寺里有两位年轻的尼姑，据说年龄均没超过二十五岁。我去的那天她们都不在，只有一个年逾七旬居士打扮的老妪在双塔下晾晒柴火。

我问两个尼姑的下落。她说：“去化缘了。”我说：“斋房里五谷杂粮各种蔬菜那么多，还去化缘做什么？”老妪说：“修庙啊！”这时，我才想起大殿里躺着一幅已经落满灰尘的未来“衍福寺”设计模型。可是凭着两位尼姑的四只纤手什么时候才能把它变成现实呢？即使变成了现实，恐怕衍福寺建成之日，也就是她们离开之时了。因为按佛门规定，尼姑只能住在庵里。

我突然对那两位无缘谋面的尼姑肃然起敬起来。

温驯的牲口

在街上漫步，耳畔会不时传来一阵踏踏的蹄声。不用看，声音大的准是牛或马，而声音小的呢，定是骡和驴。

茂兴牲口多，且个个温驯。听不见主人吆五喝六，也看不见主人耀武扬威，有时人与畜之间相隔几米甚至几十米，畜仍规规矩矩走路，认认真真拉套……

如此温驯的牲口，我还是头一次遇到。

读《肇源文史资料》获知，茂兴的牲口已有悠久的温驯史了，仿佛是遗传的。20 世纪三四十年代，该镇有个名叫“奎昌盛”的烧锅，用以推碾拉磨的四十多头驴，无论雌雄长幼头头都有芳名。需要某头驴出工时，人只要在门外呼喊一声名字，那头驴就会俯首帖耳地走出来，站在棚外听从调遣。而随后叫出的驴又会自动地排在前一头驴的后面。待列成一队后，磨倌一声令下，它们会迈着整齐的步伐依次走进磨房，分别停在自己的位置上。更让人惊奇的是，驴们被扣上套板戴上蒙眼之后，根本用不着人看管，便能保质保量地完成工作任务，即使累得浑身是汗，也不停歇一步。

驴，曾以性格暴躁闻名于世。某某脾气不好，会被说成“驴性霸道”；谁谁脸色难看，会被说成“驴脸一耷拉”；旧社会有一种永远还不清的高利贷叫“驴打滚”，意思也是说那种债务就像驴发起脾气躺在地上打滚一样没完没了。天性粗野不好调教的驴，到了茂兴人的手里都变得如此温驯，其他牲口就更不用说了。

他们有什么诀窍吗？

《肇源文史资料》里那篇文章的作者说，此乃茂兴人善于管理、精于驯化的结果。这种解释虽有一定的道理，但我总觉得还不尽然。

1998年深秋的一天，我徒步从茂兴镇出发到一个村子搞一项调查，恰巧与一位老汉和一辆牛车同路。老汉矮小枯瘦，那牛膀大腰圆，车上装着四五麻袋粮食，充其量也就八九百斤，倘若老汉坐在车上，相信那牛拉起来也会很轻松，可老汉却和牛并肩走着。走着走着，前面出现一段泥泞路。我猜测老汉这回该上车了，而他一上车，我就会立即求个方便。谁知老汉竟脱了鞋袜绾起裤角，毅然随牛走进结着冰碴的泥水里，弄得我也没好意思张口，只好绕道而行了。

我觉得老汉的举动很费解，便想和他搭搭话。

绕过泥泞路，我疾走几步追上他问：“怎么样，挺凉吧？”

他瞧瞧我：“是挺凉。”

我说：“干吗放着现成的车不坐呢？”

他说：“走泥泞路牛本来就够吃力了，我再坐上于心不忍哪！”

我说：“瞧这牛的体格，你就是坐上它拉起来也不会费劲。”

老汉绕过我的话茬，语重心长地说，别看牲口不会说话，通人性呢！要不咋能“得驾吁哦”地听你召唤？世上咋有狗数数啦，象打球啦，老虎跳火圈儿啦之类动物做作表演的马戏团？人与人之间讲究“你敬我一尺，我敬你一丈”，其实牲口也希望得到尊重，你不尊重它甚至非打即骂，它能心甘情愿地为你效劳吗？早些年奎昌盛烧锅养的驴好使唤得出名，可你该卸套时不卸套，它也不听摆弄了。先是连打响鼻儿提出抗议，接着嘴巴朝天高声鸣叫，如果你仍不理不睬，它就停住四蹄死不迈步。这就说明，牲口也有大脑，也有思维，也渴望平等，也容不得你拿豆包不当干粮。

老汉的一席话，使我顿时对他刮目相看了。就问他养了多少年牲口，积累了这么多丰富的经验。

老汉说，其实也不全是我积累的，有很多是一辈一辈传下来的。二百多年前，茂兴人的老祖宗一不小心站错了队，成了吴三桂的部下。后来，吴三桂走了麦城，摆在他们面前的唯一一条路就是砍头。恰在这时，清政府要在茂兴镇组建一个驿站。因这里既偏僻又寒冷，无人愿意来，朝廷思来想去，就派他们做了站丁。所谓站丁，主要任务就是饲养和驯化给朝廷传递军事情报的马匹。事情很明显，如果不设这个驿站没有这些马匹，他们早成刀下鬼了。因此，他们把这些马匹看得比自己的生命还重要，精心饲养、精心驯化，并告诫子孙要世世代代善待畜类。

老汉说到这里我终于明白了，原来茂兴镇温驯的牲口一半是驯出来的，一半是爱出来的。

乡间小路

乡间小路已渐渐被宽阔的沙石、红砖或柏油路取代，茂兴镇共辖 11 个行政村，镇与行政村之间所剩无几的小路，又有一条在开工典礼的鞭炮声中，宣告彻底从这个星球上消失了。我知道，小路变大路是人类进步的象征，也是发展乡村、繁荣乡村的需要。很多先小康了的地区的经验之谈，都是“要想富先修路”。可随着那条红绸“咔嚓”一声一分为二，我的心还是隐隐地痛了一下，有关乡村小路的记忆，也一股脑在眼前纵横交错起来。

我们老家一带称乡间小路为“毛毛道”。东北很多土话是令人费解的，比如把“地方”叫“疙瘩”，把“经常”叫“钉耙”，把“全部”叫“整个浪”等。而毛毛道却准确地道出了乡间小路的特点：一层意思是说它窄小，另一层意思是说它繁多。在乡下生活过的人都知道，几十年前乡间小路几乎随处可见。如果说村庄是线团，它就是甩出的一根根线；如果说村庄是大树，它就是抽出的一条条枝。

我的第二故乡是只有不足百户人家的小村，除了户与户、街与街都是横七竖八的小路编织的之外，至今仍印象深刻的就有东西南北四条小路。西小路通向田野。一年之中春夏秋三季农事最忙，那条小路也最忙。或耕或锄或收的人们熙熙攘攘，络绎不绝，肩上的农具诠释着节气，脸上的表情暗示着年景，庄稼是农家的生命，长势好收成好就喜笑颜开。否则，就愁眉苦脸。东小路通向少陵河。少陵河是松花江的支流，平时枯瘦如小溪，一到汛期，松花江的水就溢了进来，也溢进了肥美的鱼虾。恰在这时锄也挂了，满山遍野的庄稼正处于抽穗灌浆阶段，人们就成群结队到河里捕捞。去时，那条小路渔具闪闪；归时，那条小路鱼虾烁烁。南小路通向黄土山。黄土山很矮，与真正的山相比甚至称不上山，却长满了山丁树、山楂树、山核桃树。雨季来临，树上的枝丫间，树下的草丛里，还会蹿出一层层菌类。夏季，孩子们采蘑菇；秋季，女人们摘野果。冬季，男人们砍柴火。那条小路像一条输送带，源源不断地把颗颗野味、粒粒山珍、缕缕炊烟送进茅屋草舍。因为这三条小路与乡亲们息息相关又都是从田间穿过，所以它们不仅随着农时忙忙闲闲，也伴着季节变换颜色。冬天，积雪覆盖，如一条条银缎；夏天，浓荫遮蔽，如一匹匹绿绸；秋天，果实映衬，如一道道彩虹；人们平平仄仄、吱吱嘎嘎地走在上面，如同走在一首首唐诗宋词里。

北小路是一道坝埂子，也是我们村与学校和供销社之间唯一的一条交通枢纽。建筑者的原意本是让它阻挡洪水保护村庄的，后来应了鲁迅先生一句名言，走的人多了就成了路。我对北小路感情最深，从小学三年级转学到那里，直至“文革”被迫中断学业，几乎整个学生时代都是从它上面走过的。如果把那些脚印揭下来装订成册，就是一部我花季少年的剪影集。记得那时候每当背起书包母亲都要嘱咐一番：路上遇到人要有礼貌，该让路让路该帮忙帮忙，只有给了别人方便自己才能得到方便。其实，狭路相逢，即便母亲不嘱咐，碰到大事小情也很难做到袖手旁观。现在回想起来，我没少在那条小路上扶老携幼，也没少得到别人的帮助。雨天雪天相互搀扶一下是正常现象。此事与“风格”“道德”似乎也没多大关系，依我看纯属是客观条件决定的。尺把宽的小路别人在前面跌倒了，你总不能从他身上跨过去吧！休说搀一把拽一把是小事一桩，心与心之间却因此近了许多，世界也变得温暖了许多。

我始终固执地认为，都市人之间之所以感情淡漠，除了晚上都“躲进小楼成一统”外，与白天“马路宽宽各走一边”也不无关系。

思绪正围绕着乡间小路信马由缰着，在中学就读的女儿从几百里之外，给我打来了一个电话。说是老师留了一篇题为《乡间小路》的作文，因压根就没见过这玩意，故憋了一头汗也不知如何下笔。我不认识她的语文老师，但敢肯定此人不是生长在农村就是在农村生活过。宽阔的柏油马路走腻了，突然怀念起乡间小路来，就不顾都市学生的实际，留了这么个作文题。

我正欲为女儿指点迷津。坐在旁边的一位镇领导叹道：你女儿生在城市不知乡间小路为何物还有情可原，倘若几十年后茂兴镇的孩子问我什么是乡间小路，我该如何回答呢？

此人是让茂兴镇又一条小路在这个星球上消失的决策者之一。

泥 人 儿

我说的泥人儿，不是善男信女们叩拜的塑像，也不是街头艺人随手捏出的绝活，乃是指乡下那些衣衫不整、不谙世事，整天土里滚泥里爬的孩子们。

冷不丁从穿得花枝招展、溜光水滑，礼貌得常常令很多大人都自愧不如的都会儿童堆里，走进他们中间，真有一种别有洞天赏心悦目的感觉。如果将他们喻为一首首自然天成的田园诗或一幅幅未加粉饰的山水画，绝不过分。

进驻茂兴镇的次日，我想品味一下农村的新鲜空气。太阳刚刚升起来就迫不及待地跑到了野外，然而，失望得很。品来品去，总觉得如今农村的空气并不比城市新鲜多少。正怏怏不快地准备往驻地走，突然被路旁一个脏兮兮的小男孩吸引住了。那小男孩也就七八岁光景，穿着一身不是哥哥就是姐姐穿剩的松松垮垮的大衣服，赤着两只黑乎乎的小脚，半蹲半坐在一个小土堆上玩两只盖盖虫。不知他是想让它们一起爬一座什么“山”，还是想让它们过一条什么“河”，总之，肯定有一只违背了他的意愿。他一边用手扒拉着，一般奶声奶气地说：“你爬过去，给我爬过去!”我饶有兴趣地看了好一会儿，终于忍不住凑上前去说：“小朋友，玩得挺开心呀?”他抬头望了我一眼，咧开缺牙的嘴巴笑了笑，一句话也没说又旁若无人般继续埋头玩耍起来，看得出他什么都不懂，不懂虚情假意的客套，更不懂所谓的人情世故，甚至连人与人之间到底是怎么一回事都不知道。但是，就那一眼，就那一笑，却令我如痴如醉。他笑得是那样纯洁无瑕，目光里也不掺丝毫杂质。我呆呆地望着他，心想，这可能是当今世界唯一一缕没受污染的空气了。直到远处采猪食菜的母亲低一声高一声地将他喊走，我才恋恋不舍地离去。

有一天，我们吃完午饭到村头散步，发现田头有一年龄和那男孩相仿的女孩，衣着同样不合体，也赤着一双小脚，不同的是她在放牧几只伸长脖子比她还高的大鹅。她显然是想让大鹅规规矩矩地在田头吃野菜，而鹅们却抵不住半生不熟的谷穗的诱惑，便奋不顾身地往庄稼地里钻。她拉出一只，另一只又进去了，也不知如此这般反反复复了多久，红扑扑、稚嫩嫩的小脸上已挂满了黑色的汗珠。我们望着她天真的举止都禁不住笑了。听见笑声她转过头来，回敬给我们的也是那纯洁无瑕的一笑，不掺杂质的一瞥。半晌，有位队员说："这孩子真可爱。"我问："你指什么?"他说："什么都可爱，尤其那微笑那目光，好像多少年都没见过了。"我们都不约而同地点了点头。

元旦前夕，我们凑钱买了几袋面粉，以下乡干部的名义向洪水过后的重灾户和缺吃少穿的特困户略表一下爱心。当村长将我们引到一户赵姓人家时，那家的男女主人均不在，矮趴趴、冷飕飕的小土屋里只有一个小男孩在做作业。临走时，村长对那小男孩说："还不快代表你爹你妈谢谢叔叔伯伯们。"那小男孩嘴张了几张脸憋得通红也没说出"谢谢"两个字。我们好奇地等了半天，最终得到的还是那纯洁无瑕的一笑和不掺杂质的一瞥。村长急得直搓手，连声说："乡下孩子没教养，你们可千万不要见怪呀……"

我说："你别再逼他了，这样更好。"

不知也是土里爬泥里滚大的村长，能否理解我此话的含义。

城里孩子，在刚刚学会走路时，大人就以脏啦、臭啦之类的语言迫使他们远离泥土，而且刚刚学会说话，就向他们灌输“您好”“再见”“谢谢”“对不起”等漂亮的语言。人是干干净净文质彬彬地成长起来了，殊不知越摒弃泥土越被自然所摒弃，距离文明越近，距离天真越远。孩子呢，也就越没了孩子样。

十几年前，我曾在区里“双文明”办公室帮过半年忙。有一次陪同主管区长到一家托儿所检查工作。楼上楼下大大小小凡是见到我们的孩子，都一律先敬礼再微笑然后说一声：“领导辛苦了!”礼敬得很笨拙，笑容也很僵硬，话更像是背台词。我拉过一个个头最高看样子年龄也最大的孩子问他是谁教的，那孩子瞪着一双完全不像孩子的半是惊恐半是讨好的大眼睛回答：“阿姨。”我说你知道什么是领导吗？他摇摇头；我说你知道什么是辛苦吗？他摇摇头。连年龄最大的孩子尚且如此，那些话说不全路走不稳的幼儿就更可想而知了。

现在想来真该为城市的孩子感到悲哀。小小年纪被环境逼迫着木偶似的说些自己不懂的话，做些自己不懂的事，一定活得很累。假如生命能够重新选择，假如他们知道农村的“泥人儿”活的那么无拘无束天真烂漫，他们还会愿意做城市的“文明人”吗？

绕尾兔

俗话说，一方水土养一方人。其实，一方水土也养一方动、植物。

茂兴镇也属于松嫩平原，只因地势周围高中间低，黑油油的沃土里又比其他地方多了些黄沙，就盛产了地瓜和花生。在已逝的岁月中，这两种食品的各种做法我都吃过，就是没看到它们长在田里的样子。说来可笑，小时候吃花生，我还以为花生和葡萄、豆角一样，是一嘟噜一嘟噜结在蔓上的呢！直到读了许地山先生的《落花生》，才知道是根上结的。

初到茂兴，时值初秋。漫山遍野已熟和半熟的果实均未收获，自然要开开眼界。

一日午休，同工作队的老高说，我打听好了，距离咱们驻地不远就有一片花生地。我从床上一跃而起，拉起老高就走。

似乎老天有意让我一饱眼福，紧挨着花生地还有一片地瓜地。两片地属于同一位主人。主人听说我是来长见识的，热情地介绍了花生和地瓜由播种到收获的整个过程。临别时还每样拔出一棵，给我留作纪念。

回到寝室我如获至宝般将它们栽进一只废弃的花盆里，准备回家时带给女儿看看。

镇党委副书记老席见之，不屑地说，你们城里人真是少见多怪，看什么都是宝。其实，茂兴这一带真正称得上宝的是一种动物，名叫绕尾兔。

接着他绘声绘色地描绘了绕尾兔的模样。说它眼睛、鼻子、嘴巴、耳朵极像兔子，前腿短后腿长，身子不足三寸，却拖着一条半尺多长的大尾巴。那尾巴既是螺旋桨又是助跑器，跑起来摇得风起云涌呜呜山响。

老席的话音刚落，我们这些“少见多怪”的城里人就禁不住摩拳擦掌跃跃欲试起来。这个说要逮一只送给女儿，那个说要抓一只送给儿子，连年龄最长的老高也准备弄一只送给外孙。看来，千方百计让孩子活得开心，已经成了天下吾辈共同的心愿了。

你们想得倒美，老席说，我在这里生这里长，四十多年了都没抓住一只。那小家伙可精啦。人们都说狡兔有三窟，实际它比狡兔还狡猾，每个洞起码有六七个隐蔽的出口。平时用这些出口通风通光，以保持洞内不潮不湿空气新鲜。一旦危险降临就都立刻变成了安全门。就是你眼睁睁地看着它钻进洞里，也甭想关门打狗瓮中捉鳖，它早神不知鬼不觉地从别的出口逃之夭夭了。改革开放后，城里的款爷多了，乡下很多土里土气司空见惯的东西也跟着身价百倍起来。既有美食价值又营养丰富的龟啦蛇啦蛙啦就不说了，连只会制造噪声的蝈蝈，只会蹦蹦跳跳的松鼠在城里也能卖上好价钱。前几年，后屯有个姓张的人家，心血来潮突发灵感，也想做一把绕尾兔的生意。老少三辈倾巢出动，在大草甸子上布下了一片片天罗地网。结果呢，整整半个月时间只套住两只幼兔，而且它们被逮住后不吃不喝，还没等拿到城里就一命呜呼了。

老席两番话，前一番是火，后一番是水。似乎有意把我们的情绪忽忽地点燃起来，再残忍地浇灭。既然在草原上行走自如的村民对绕尾兔都束手无策，我们这些习惯于走柏油马路的人就更望尘莫及了。

于是，我们彻底打消了抓绕尾兔的念头。

时隔不久，我休假回家。有一天晚上和女儿闲聊，不知怎么就提到了这件事。话一出口，我就后悔得要命。女儿自幼就十分喜欢小动物，我想她听后一定会满脸沮丧。不料，她却拍着手赞道，好聪明的绕尾兔啊！跟冷酷的人斗就得有这种智慧。如果它像狍子一样傻，像熊猫一样憨，生活在小小茂兴一带，又没有《动物保护法》保护，不早绝种了？

喜 日 子

所谓喜日子，实际就是高兴的日子。乡下人容易满足也容易高兴，喜日子固然就多。女人生孩子，家里盖房子，自不必说。有些人连马下崽子、牛下犊子、猪下羔子也要大喝一场庆祝一番。

但最令乡下人激动不已，也最能称得上喜日子的日子，是子女结婚，特别是儿子结婚。那一刻，早在几年甚至十几年前他们就开始筹备了。所以，穷也好富也罢，都要竭尽全力操办一番。否则，就感到对不起列祖列宗，对不起后世子孙，在乡里乡亲面前也抬不起头来。

喜报，一两个月前就发出去了。陆陆续续提前来的是老亲旧友。来了，也没什么事可做，就是坐着吃、坐着喝、坐着东拉西扯天南海北，故称“坐堂客”。坐堂客越多，证明家族越兴旺，社交越广泛，主人脸上也就越有光。

客人越聚越多，笑声越来越稠，门上、窗上、墙上都贴上大红喜字的时候就是喜日子了。喜日子那天，新郎自然是主角。有人说，东北农民一生洗三次澡：一次是生，一次是死，一次是结婚。此话不一定准确，却说明了结婚和生死一样重要。澡，是头一天或两天特意到城里洗的，再在众人的簇拥下换上一套新行头，可谓从里到外从头到脚焕然一新。难怪乡下人管新郎不叫新郎，叫新人。新郎除了胸前要佩戴一朵大红花外，双肩还要披红挂绿。在我的记忆里，几十年前新郎披挂的是一条红绸和一条绿缎，近日我参加了茂兴镇一户普通农家的婚礼，见新郎披挂的竟是红被面和绿被面，且层层叠叠有七八床之多。村长说，被面是姑父给买的，一个姑父两床。我说要是有十个、八个姑父，还不把新郎给压趴下了。村长就张开大嘴哈哈地笑。

新娘是踏着算卦先生算出的吉祥时刻到来的。下车就典礼，婚礼简单而朴素。主持人也是朴实的农民，不像城里那些靠两片巧唇挣钱的司仪善于侃大山，什么“美国总统发来贺电了”“英国女王派来使者了”，扯得没边没沿令人啼笑皆非。也不让新郎新娘谈恋爱史，一般农村青年也没恋爱史，顶多两个人通过一条红线见几次面谈几次话，相互看着挺顺眼关系就定下来了。即便有恋爱史他们也不敢在父老乡亲面前谈，那样会遭到众人耻笑的。伴着噼啪的鞭炮和嘀嗒的唢呐声，主持人指挥一对新人拜拜天地、拜拜高堂、夫妻交拜一下婚礼就结束了。别小看这三拜，它却是人生的转折点。从此，男孩变成了男人，女孩变成了女人，肩上也开始担负起沉甸甸的责任。

礼台距离新房也就几米或十几米远，而对新娘来说这却是一段终生难忘的路程。口袋里装满五谷杂粮的半大小子，早就等得不耐烦了。婚礼一宣告结束，就迫不及待地向新娘劈头盖脸地打来。此时，新郎既怕打不着新娘，驱不散她身上的邪气；又怕这些愣头青出手重了，把新娘子打伤，就情不自禁地半搂半抱半遮半掩着她向新房里跑。此乃是农家女孩第一次也许是一生中唯一一次，在众目睽睽中被一个男人爱着。有了这光天化日之下赤裸裸地一爱，不管将来是穷是富是贱是贵，也就死心塌地地跟定这个男人了。

接着，新娘上炕坐福，宴席也正式开始了。

酒，不一定是好酒；菜，也不一定是好菜。过去农村讲究的是“八大八”“六大六”。说穿了，就是一张桌子八个碟子八个碗或六个碟子六个碗。听着，似乎很丰盛，实际大多清汤寡水无滋无味，有的宴席连个肉星都找不到。现在生活水平提高了，肉已不再是什么稀罕物，可大铁锅里炖出的菜，仍和城里大马勺颠出的无法相比。然而，农民不在乎这些。他们讲究的是席的数量。八人一张桌，一桌为一席。席放得越多，喜事就办得越成功。所以，随上百八十块的礼钱，一家老少三代倾巢出席，绝非奇事。不但别人不耻笑自己不脸红，还能赢得主人的欢心。

那天，我在茂兴镇那户农家喝得正酣，突然，院外传来一阵呱哒呱嗒的竹板声。我抬头一看，只见四五个衣衫褴褛乞丐模样的人，边往院子里走边唱着喜歌。不用问，定是讨钱的。有位着装时髦的小青年，怕冲淡了喜庆的气氛，要把他们轰走，却被主人拦住了。主人说：“喜日子嘛，就是图个热闹，人越多越好”，说着，不仅掏了赏钱，还把他们请到了席上。

听着那位主人的话，我突然明白了一个道理：旺盛的人气烘托出了中国的喜日子，喜日子也燃旺了整个中华民族！

买　书

下乡之初，冷不丁从热热闹闹的都市走进冷冷清清的村庄，那份孤独和寂寞是难以言表的。

白天还好些，忽而帮助灾民发发救灾物资，忽而深入农户搞搞调查，八九个小时也就稀里糊涂地过去了。难熬的是每日黄昏后。一间由淘汰的办公室临时改成的寝室里，没有收音机录放机，唯一一台老掉牙的黑白电视机，千呼万唤始出来的图像，一会儿“四海腾云水怒”；一会儿“五洲震荡风雷激”，根本无法看。工作队纪律又铁严，酷似“三大纪律八项注意”的“六不准”，每条都板着面孔正告我们不得离开驻地半步。

好在我多了个心眼儿，临行时匆忙往行囊里塞了一本俄罗斯散文选《白天的星星》，有异域风光和外国天空相伴，坦率地说，那段时光还不算太难打发。却苦了几位徒手而至的队员，肚子里的政治笑话民间故事掏空了，桌子上的“五十 K”“四一四”甩腻了，就开始大眼儿瞪小眼儿。百无聊赖中，小贾望了一眼埋在书本里的我，就跟他们建议：咱们也买点书看吧！于是，一呼百应。并一致推荐我给当当参谋。

茂兴镇不大。用当地居民的话说，好汉憋一泡尿，能从街东头撒到街西头，且已经打听好临街就有一家书店。可是，我们从东至西又从西至东跑了三四个来回，才在写着“笔记本、算术本、作文本、钢笔、铅笔、圆珠笔”的牌匾中，蓦然发现“图书”两个字。其实，是我们犯了经验主义错误。在茂兴镇几乎家家店铺都多种经营，块块牌匾皆密密麻麻，有的商品与商品之间根本风马牛不相及。比如镇政府对面的一家寿衣花圈店，就堂而皇之地兼营着墙壁纸、胶合板、涂料、油漆等各种各样的装潢材料。在漂漂亮亮地送死人上路的同时，又不忘打扮一下活人的生活，或许经营者是花费了一番苦心的，只是不知道营业执照上经营项目这一栏该如何填写。

书店的营业室不大，因商品少就显得空空荡荡。除了柜台里横七竖八地摆放着几种落满灰尘的学生用品外，货架的第一排是空的，第二排也是空的，只有顶端的一排才象征性地摆着几套武侠小说。

我的心顿时凉了，仅这几本书哪里还有“参谋”的余地。

小贾瞧瞧我：“买一套也行，反正是消磨时间。”

于是叫售货员。半晌，才从里屋走出一个学龄前儿童般模样的小女子来。不用问，一看就是个侏儒症患者。

她蹿了几蹿，蹦上一条板凳，把那几套书拿了下来。

翻了翻，才知道都是些国内三流以下通俗作家的作品。这种书在城里的书摊上早已一折两折地出售，况且书中有的缺张少页，有的模糊不清，有的错字连篇，明显是不法之徒的盗版。

我们问多少钱一套。

小女子说：“书上印着呢，你不会看？”

我们问能不能削削价。

小女子眼睛一瞪：“削价？没找你们要运费就算便宜了。”

我们说，这种书原价是很难卖出去的。

小女子脖子一梗：“你放心吧，剩不下！”

冷静想想也是。茂兴镇再小也有一两万人口，仅这几本“精神食粮”，还愁销路吗？

我们面面相觑了好一会儿，小贾一咬牙说，“给我拿一套《×刀×枪》。”

小女子毫不脸红地说：“我不知道哪本是什么刀什么枪，你就自个看看多少钱吧！”

原来小女子不识字。

我们禁不住愕然了。

据说，解放前茂兴镇有两大怪：“反穿皮袄毛朝外，姑娘叼个大烟袋。”那么，“一块牌匾顶几块，不识字的把书卖”是不是茂兴镇新的两大怪呢！

特记之。

站　　人

茂兴镇是个古老的驿站，茂兴人却不都是站人，纯粹的站人只有“张王李赵邱葛韩杨”八大姓氏。

下乡之初，我想了解了解站人的风俗习惯，每进一家，都要查户口般首先询问一下人家的姓氏。一而再再而三，自己也觉得既麻烦又令人讨厌。这时，镇党委秘书老张对我说，何必那么费事呢，只要进屋看看，这家是不是站人就一目了然了。站人穷也好富也罢，家家都窗明几净，连锅台都擦得铮明瓦亮。我试验了几家，果然如此。其中有一家房屋被洪水冲塌了，暂时居住在朋友家的一间仓库里，仓库阴暗潮湿草棚土壁，纵观屋里屋外炕上炕下仍不挂一丝尘埃。

东北农民家庭多数都不干净。小时候我最打怵去的地方就是大姨家，其原因就是她家太脏。具体怎么个脏法现在我已描述不出来了，只记得再好的饭菜也很难下咽。曾一度，我以为这可能是“个别”现象。其实，不然。几年前的一个秋天，我随妻子到她一个亲戚家做客，原打算多年没去又千里迢迢的定要住个三天五日，可是进屋一看根本不能待。房梁挂着一嘟噜一嘟噜灰尘，令你不敢仰视；屋地排着一堆一堆污物，让你无法落脚。大鸡率领小鸡在饭盆里觅食，公苍蝇搂着母苍蝇在菜碗中做爱，更要命的是人猪合用一口大铁锅，煮完猪食就炒菜，什么鱼啦、肉啦都夹杂着一股泔水味。

次日凌晨，我们就落荒而逃了。

看来，脏已经成了东北多数农家的陋习。

然而，同样生活在北方，同样是农民家庭，站人家为什么这么干净呢？有人说，是遗传基因所致，理由是他们是云南一个少数民族的后代，而这个民族历来就以整洁干净闻名于世。实际，所谓遗传就是血脉的继承，这条血脉即使是一条浩浩荡荡的长河，从清朝初期流过来，历经几朝几代的风吹雨淋霜染日晒，到20世纪90年代的今天还能剩下多少原来的成分呢？在茂兴镇住久了，渐渐弄清了站人的历史，我似乎也找到了另一种答案。

三百多年前，吴三桂麾下的三十名败兵，遵照康熙帝的旨意到茂兴镇组建驿站。当时的茂兴还是一片未开垦的处女地。夏天，蒿草丛生蚊蠓成群；冬天，北风呼号大雪纷飞。一年四季还要提防狼虫虎豹等野兽的袭击。不仅生活环境十分恶劣，他们所从事的工作也非常枯燥，每天自日出到日落就是喂马牧马和驯马。此事不知怎么传到了朝廷，朝廷有关大臣为了让他们安下心来扎根边疆，使北京至爱珲的这条驿道永远畅通无阻，就下令到百姓家征集民女，与站丁们结成夫妻。

民女陆续征集来了。可数了半天只有八名。男多女少如何分配？抓阄吧，有的站丁已老弱病残一旦运气好抓到手又担负不起丈夫的责任；比武吧，既是战友又是乡亲也掰不开情面，再说不小心比出个人命来也不好向朝廷交代。商量来商量去，他们一致举手通过一项决议：在金钱和女人之间自由选择。选择女人的从此就不要军饷；选择军饷的从此就不要女人。于是，爱金钱的，便断了香火；爱女人的，就成了茂兴镇站人的祖先。

世界上大多数人都有家，然而谁的家像站人这样来得如此艰难呢？当年随着吴三桂南征北战九死一生，后来作为罪卒在朝廷的屠刀下苟且偷生，而今又牺牲了自己应该得到的那份报酬。冷静想想，归根到底不就是为了一个家吗？有位哲人说过：越来之不易的东西越让人珍惜。茂兴镇的站人之所以世世代代把家侍弄得干干净净，也许就是因为他们没有忘记自己的家是怎么来的。此话若有人不信，请到站人家走走，无论大人小孩，他们都能倒背如流自己的家史。

老 爷 车

“救灾重建”工作队的主要任务之一，就是深入灾区调查灾情，而驻地距离最近的村屯也有五六华里，走家串户一天下来，往往累得精疲力尽。这时，我们便不约而同地怀念起在都市已坐腻了的汽车来。倘若有一台汽车，不仅体力消耗会大大减少，工作效率也将成倍提高。

一天，成边揉着红肿的大腿边说：“这几天我回家探亲，无论如何也要弄一台。”成是某政法部门的一名普通的副科级干部，属于在机关里一抓一大把那种。家里没养车，单位不配车，而汽车又不是手推车、自行车，哪那么好弄的？我们都以为他在开玩笑。

不料，回家的第三天，他就兴致勃勃地打来了电话，说车弄妥了。那个单位的领导特够意思，听说是为灾区人民服务连锛儿都没打。美中不足就是太破了，是典型的老爷车。

我们欣喜若狂。一齐冲话筒喊：管他老爷车不老爷车呢，只要它能拉着咱们，咱们就是老爷。

车跌跌撞撞地开来了，果然破得一塌糊涂。篷子和靠背伤痕累累，其中有一条口子足有二尺多长，皮肉还在痛苦地耷拉着。仪表盘里的仪表残缺不全，冷眼望去仪表处像立着一排骷髅。四扇门有三扇丧失了门的功能，唯一能打开的一扇需时刻提防关不上。上了路除了喇叭默不作声外，其他部件都龇牙咧嘴地呻吟着。一超过四十迈，不是左右筛糠就是前后颠簸，瞧那架势，恨不得一下子把我们甩下去。更要命的是，随时随地会出现一些莫明其妙的毛病。忽而水箱突然开锅了，忽而电机骤然罢工了，忽而电暖蓦然吹冷气了……

我们工作队的六名同志有三个人摆弄过车。成和忠都不是科班出身，只是会“开”而已，有些零件都叫不出名来。只有我在汽训队里正式学习过六个月，可早在二十年前就弃“证”从文了，师傅传授的那点本事已差不多全部还给了师傅。有人说“三个臭皮匠，顶个诸葛亮”，其实，我们三个“二五子”司机加在一起也达不到一个真正司机的水平。车一出故障，要么大眼儿瞪小眼儿，要么瞎鼓捣一气。多亏茂兴镇政府旁边有家修理部，修理部里有个老实厚道技术又过硬的修理工，他随叫随到不说，还手到病除，才使那台老爷车收敛了不少老爷脾气，成了我们的公仆。

第一次坐着它下乡，是遵照上级指示检查房倒屋塌户过冬情况。因车内座位的限制无法带镇领导，而以往没有镇领导做向导任你千呼万唤是很难走进陌生百姓家的。有一回我想写一篇通讯急需几个鲜活的事例，镇领导又都下到各村去抓秋收了，我走了六七家，费了九牛二虎之力才敲开一扇大铁门，大铁门开了，主人却没有主人的客套，只允许我站在院子里说了几句话。两年前下过乡的一位同事也曾对我感叹过：如今的农户不知怎么搞的戒备心特强，家家不是锁头把门就是恶犬守门，生人根本甭想进去。再也见不到过去那种“一扇板门一根绳，没有门又没有铃，不管认识不认识，拽开准有笑脸迎”的情景了。可这次却出人意料地顺利，车轮响处一路绿灯，进院有人接出院有人送，中间还热水热茶地款待着。仅仅两天时间，就把全镇的房倒屋塌户访了个遍。事后我们感到奇怪，就问一位镇领导。那位镇领导说："多年来，老百姓已习惯了上级干部车来车往。车，已经成了他们的特殊身份证和通行证。你们步来步去老百姓知道你们是干什么的？再说，现在社会治安这么不好，穿干部服的骗子小偷强盗多着呢？谁敢放你们进屋？"

听罢，我们既感谢这台老爷车给我们的工作带来了方便，心里又苦森森的别有一种滋味。

文 疯 子

从临床表现上看，疯子大致分两种。一曰文疯子，一曰武疯子。

武疯子很多，也接触过不少。小时候或哭或闹过了头，母亲便会恐吓道，你再不听话就喊秦美荣了。闻之，我会立即像猫似的扎进母亲的怀里。秦美荣就是个武疯子，虽孱弱女子，一旦发作起来却力大无穷。一天夜里，她乘老父打盹儿之机挣脱绳索，把村里的酱缸砸个近半，直至几个小伙子一齐出动四面夹攻才将其降服。大概我就是那次被吓破了胆儿，方谈“秦”色变的。刚参加工作时，我们队一个技术员因失恋而疯。该人出身于地主家庭又毕业于著名学府，在当时，这种人无论说什么话做什么事都是战战兢兢的。而他却天不怕地不怕，疯劲儿上来谁都敢打谁都敢骂。有一次指导员正在抑扬顿挫地宣讲最新指示，他突然冲到台上大打出手，吓得指导员丢盔卸甲落荒而逃。那年月，倘若是正常人仅此一举就够吃枪子儿了，只因他是疯子，再强大的专政机构也拿他无可奈何。古今中外任何法律对精神病患者都如同虚设。

文疯子自然是较之武疯子相对而言。过去我只是听说从没见过。总觉得一个人既然丧失了理智还能文质彬彬，似乎是件不可思议的事。

那日，暮色徐徐拉开之时，我们几个下乡干部和几位镇领导在政府门口闲聊。不知什么时候凑过来一个人，他不管三七二十一，开口就向我们宣讲起了上海的经济、北京的建筑。虽贸然打断别人的谈话有失礼节，但能谈上几句浦东和故宫的人在茂兴镇居民中实在不多。我禁不住好奇地把目光投向了他。只见该人足蹬张嘴胶鞋，身穿开花棉袄，头戴一顶赵本山式油渍麻花的小单帽，头发老长，胡子老长，脸上斑斑驳驳的污垢足有半铜钱厚，两筒金灿灿的鼻涕很耀眼地在上嘴唇上打着秋千。我心一颤，断定此人十有八九精神有毛病。

大概多少年也没有人这样正视过他了，他立刻现出一副受宠若惊的样子，往我跟前贴了贴，我本能地向后一闪。这时，有位镇领导附在我耳边悄悄地说："别怕，他是文疯子，不打人。"果然，他不但没有打我的意思，还十分友好地询问我是什么地方人。我如实奉告了，他眉开眼笑地说："大庆好，大庆好，将来北京上海都赶不上它。"说完，又问工作组组长老李是什么地方人。老李说，我是哈尔滨人，他立马又献媚道："哈尔滨好，哈尔滨好，将来纽约伦敦都赶不上它。"

我们忍不住笑了起来。

笑过之后，我感到此人疯得很蹊跷，不打人不骂人也罢了，缘何张口闭口都市又竭力讨好都市人呢？时间长了，我渐渐了解到了他的疯因。

他虽相貌不佳却非常聪明。20 世纪 80 年代初以优异的成绩考入县里一所重点高中，接到录取通知书那天，他默默地为自己设计了一幅美好的蓝图。那幅蓝图里有高楼大厦，有电灯电话，说不定还有汽车什么的。总之，他坚信这一辈子不会再重复祖先"面朝黄土背朝天"的苦日子了。谁知入学后班里几个城市的纨绔子弟，既嫉妒他的聪明又仇恨他的丑陋，将教师布置的各科作业，都一股脑地推给他代做，稍有不从就拳脚交加。三年时间，他不知为别人熬了多少心血却荒废了自己的学业，考大学时以几分之差落榜。即使这样，他的都市梦仍没彻底泯灭，又通过考试在某市寻了一份临时工作，可是一年之后，其他临时工都陆续转成了长期工，唯有他因家贫送不起礼被解除了合同。

他热爱都市生活，却屡遭都市人的欺凌。痛苦、彷徨、愤懑、忧郁等情绪像一团乱麻在他的大脑里缠绕着，久久解不开。回乡半年就疯了。

按理说，他对都市人是充满怨恨的，然而，即便在失去理智的情况下，他仍竭力巴结都市人，这不能说不是一个谜。有人说，狗之所以咬人，是因为在它的眼里人小如蝼蚁；马之所以听人摆布，是因为人在它的眼里威如猛虎。那么，这位文疯子如此惧怕都市人，都市人在他的眼里又是一种什么动物呢?

更令人费解的是，他的记忆力极其惊人。此后，见到老李仍说哈尔滨如何如何好，见到我仍说大庆如何如何好。

但我们谁也没有笑，或者说是笑不出声了。

作为都市人，在他面前我们是有罪的。

孪生义齿

老高是我们抗洪工作队里年纪最大的队员，已经满脸皱纹半头白发了。

我们那个工作队，几乎都是副科级以上的干部，就我和老高是普通职员，且都是来自宣传文化部门。这样，我们两个就有了很多共同语言，经常凑在一起发牢骚侃大山。

老高人挺不错的，就是太把日子当日子过。一小撮儿茶叶可以从睁开眼睛喝到闭上眼睛，一双一块钱的劣质尼龙袜子直到穿得千疮百孔为止……最让我们看不惯的，是他对那排门牙的精心呵护。

那是一排塑料假牙，属于“能上能下”的那种。真牙也好假牙也罢，造物主赋予它们的最神圣的使命就是咀嚼食物，可老高却残忍地剥夺了它们的这一权利。吃饭前总是摘下来放到床头的小盒子里，吃完饭回到宿舍再戴上去。呱哒呱哒，动作十分娴熟。

我说，你这样做多麻烦呀！

他说，麻烦点怕啥？一旦磕坏损失就大了！人生在世就两大乐趣，一是有权二是有钱。我这一生官没当上，再不攒点钱不就白活了吗？

有一次我和老高下村搞调查，回到镇里已是晚上十点多了。或许是肚子太饿的缘故，他破天荒没先回宿舍直接跟我到餐厅狼吞虎咽起来。刚吃一半，就听他的嘴里发出咔吧一声脆响。待我俩都清醒过来，他那排假牙已拦腰折断了。他暴跳如雷地将罪魁祸首——一块手指肚大小、在灯影下伪装得比肥肉还像肥肉的羊骨头狠狠地惩罚了一顿后，就气急败坏地离开了餐厅。

我慌忙追出去安慰他。他满脸沮丧地说，四百块钱就这么听了一个响。我说事儿既然摊上了上火也没用，明天我陪你到街里再镶排新的吧。他嘟囔道，不知这里镶牙贵不贵。

那个镇很小，只有一家牙科诊所，生意还挺清淡。一问价老高乐了，最好的原料才要 100 块钱，恰好是原来那排假牙的四分之一。咬完牙印，老高灵机一动对牙医说，你要是保证镶得好，我一次可以做两个。牙医正愁没生意做呢，就下了不少保证，又拿出医科大学的结业证给他看。

老高放心了，慷慨地掏出了 200 块钱。

回镇政府的路上，他一直哼哼着小曲儿，仿佛捡到了一块金元宝。

几天后，老高带着一口雪白的新牙笑容满面地站到了我面前。随后又从怀里掏出一个玻璃瓶，玻璃瓶里灌着半瓶子水，水里死鱼样漂着一排假牙。他感激地说，那个牙医挺好，为了防止塑料老化，还免费送了这瓶药水。

有了上一次的教训，老高对假牙更加爱护备至了。一如既往地吃饭睡觉不戴自不必说，就是上面不来检查，不到下面走访，镇里不开大会也一概不戴。一天二十四小时至少有二十个小时，让它们双双躺在玻璃瓶里。他说，牙医告诫过他，假牙利用率越低磨损就越少，寿命也就越长。玻璃瓶就明晃晃地摆在他的床头柜上，冷眼望去极像博物馆里的什么标本。因两排假牙原料色泽质地形状一模一样，又出自一个牙医之手，我们就戏称它们为

“孪生义齿”。

工作队解散后，他回到了他的城市，我回到了我的城市。

前几天，他突然给我来了一个长途电话，说自己已经退休半年了。互相寒暄了几句，我问他那对“孪生义齿”可好？他说早就扔了。原来，支撑假牙的两颗真牙有一颗寿终正寝，假牙也就作废了。

我说，这回你的损失就更大了。他哈哈大笑道，无所谓了，人算不如天算哪！再说，人这一辈子也就能活那么几十年，官也是活、民也是活、富也是活、穷也是活，何必自己跟自己过不去呢？退休后我一下子全想明白了！

一副醍醐灌顶、大彻大悟的样子。

集　日

三里大街千米小巷被人被车被各种腔调的吆喝声挤得水泄不通的时候，就是集日了。

茂兴镇，每月两个集日，茂兴人，也每月过两个节日。

那天，太阳刚刚绽开粉红色的笑靥，人们就穿戴一新喜笑颜开地云聚到集市上了。而这时，来自四面八方的小商小贩也准备妥当等待开张了。汽车胶轮车是摊床，牛车马车也是摊床，什么车都没有的，就随便用扫帚划拉几下在地上立个幌子，也叫卖得有滋有味。

各种商品琳琅满目，吃的、烧的、穿的、用的应有尽有。买东西的是农民，卖东西的也是农民。于是，卖主没有都市商人的奸诈——漫天要价，买主也没有都市顾客的精明——拦腰砍价，生意场上就少了许多都市市场争争讲讲的嘈杂。你看，隆冬季节：一斤水灵灵刚出窖的大萝卜，一张口才要 1 角 5 分钱，就是让你讨价你怎么讨？一件质量上乘就是款式有些过时的羽绒服，标签上才标着 80 元，就是让你还价也无法还。那位卖羽绒服的中年人深有感触地对我说，他已经做了十几年买卖，贩过牛马倒过猪羊，都赔得一塌糊涂。近来才在乡村集市上找到了一条发财之路。城市人讲的是浪漫时髦，乡下人图的是经济实惠。我就抓住这一点，专门到大城市里去搜集“库底子”往乡村集市上运，刨除运费、宿费、寄存费仍大有赚头。虽然今天是张庄明天是李村，像赶场子一样忙得脚不沾地儿，可这日子却越过越红火了。继而，他又说：“我也是个农民，农民做事就讲究个良心。我卖的东西别的不敢保证，质量肯定没问题。人不能挣昧心眼子钱，像那些倒假化肥假种子的人去坑农害农。”说话间，他又一下子卖给一个老汉三件羽绒服。成交后，中年人喜滋滋地向我伸出三个指头。意思是又挣了三十元。不料，买主一回头也看见了他伸出的三个指头，就转过身来：“一件挣十元不算多，我早就想给一个儿媳两个女儿每人买一件这样的衣服了。特意上一趟城里吧，跑腿受累不说，还搭工费时……”

“你要是坐‘大客’去，这三十元钱连往返路费都不够。”卖主接过话茬道。

“那是！那是！”

说罢，两个人哈哈大笑起来。

买主和卖主之间，如此坦荡地交谈如此开怀地大笑，我在都市市场从未见过。

当然，凡是人员稠密的地方，就不会永远其乐融融一团和气。

茂兴镇的集市也吵架，而且有一次我发现两个当事人吵得还很凶。事情的起因很简单：有位老大爷要买十斤大米，因卖主备的是二百斤的钩秤无法计量，老大爷就想借身边一位卖食品的小青年的盘秤用用，小青年怕把盘秤用脏就不愿意借。老大爷便怒了，说，别看茂兴镇小，却是个很懂礼仪的地方，人和人之间最讲究互通有无串换来往，你这样不懂规矩，还想在集市上站住脚？小青年不服，认为自己的东西，愿意借就借，不愿意借就不借。一老一少各说各的理，便高一声低一声地交起火来。也呼啦啦跑过来一圈人，但不像都市那些常见的围观者，要么沉默不语要么嬉笑起哄，甚至怀着“看热闹不怕事情大”的阴暗心理，而是竭尽全力进行调解，让大事化小小事化了。有的劝老大爷消消气，别跟小孩子一般见识；有的批评小青年说，秤盘子弄脏可以擦，如把人品弄脏就擦不掉了。最后小青年终于承认了错误，承认自己初出茅庐不明事理。不但秤借了，还亲自帮助老大爷撑口袋。从而，也得到了老大爷的谅解。两双手紧紧地握在了一起。

一群人微笑着离开了，一团云也微笑着散了。

这就是茂兴镇的集日，这就是连吵架都给人一种温馨感的茂兴人的节日。

第三辑　漫步北国

故乡啊故乡

告别之前乡亲们拉着我的手，
眼含热泪让我写写这些事情。

——篇前语

上　坟

说是上坟，其实根本没有坟。

侄子止住步，端详思索片刻，用手中的木棍以自己为核心，娴熟地在地上画了一个圆之后说，老叔就在这儿烧吧，我们年年在这儿烧。那个圆是由垄沟垄台构成的。垄沟积雪斑驳，垄台豆茬林立，有几片黑不溜秋满目疮痍的枯叶在圆内瑟瑟地抖着。

腊月二十八的风很烈。

深葬时，那根作为标记的木桩早已不知去向。二十几度风雨二十几度春秋，谁敢断定这笸箩大小的圆下面就刚好安息着我的父母呢？可举目四望，周围百米之内尽是圈圈和纸灰，唯有足下这方土地冷清着、空白着。

也只好在这儿烧了。

父母生不逢时死亦不逢时。含辛茹苦饥寒交迫一辈子，死后连个墓都没留下。如果早仙逝或晚仙逝几年，这个世界都会耸立起一座证明他们存在过的土堆。

历史上我家曾有过两块墓地。一块在山东省的什么府，一块在巴彦县的某个乡。山东省的那块墓地，听老辈人讲埋得很不是地方，风水不好还犯些说道。似乎从打第一座坟茔在那里崛起，我家就没太平过。小病小灾不算，仅能说出口的就陆续遭到了战乱、瘟疫、旱涝等恶魔的轮番袭击。尽管这些灾难绝非一庄一户甚至是属于整个民族的，但我家的损失总是鬼使神差地比别人家惨重些。那年闹虫灾，铺天盖地的蝗虫在左邻右舍的秧田里嘴下都能留点情面，却把我家仅有的几亩青苗啃个精光。已进古稀之年的祖太爷仰天长叹一声，随即将所有的家当换成一串铜钱，便率领全家跟着络绎不绝的逃荒队伍北进了。

与其说祖太爷此次北进的目的是躲避那场虫灾，倒不如说是逃离那块墓地；与其说是为子孙后代寻觅生活的乐园，更不如说是替自己勘察理想的归宿。他固执地认为，选处好阴宅比造个好阳宅重要得多。好阳宅只能宽敞明亮几十载，好阴宅却能辉煌灿烂一代代。因此，在漫漫的北进路上，他可谓费尽了心机，不知伤了多少脑筋、通过什么手段与一个手拿罗盘的河南人拜了把兄弟。河南人不是逃荒的，属于跑江湖一类。跑江湖的人靠手艺吃饭，一般都不会或者说不屑于讨饭。所以，有生意做就有饭吃，没生意做就没饭吃。没饭吃的时候，祖太爷就号召全家勒紧裤带，把讨来或买来的饭菜匀出一份给他吃。有个头疼脑热感冒发烧什么的，更是令家里人百般照顾。祖太爷的情意终于打动了河南人的心，同时他的心思也没瞒过河南人的眼睛。有一天他指着路边一个光秃秃的沙丘对祖太爷说，那是一片难得的风水宝地，倘若百年之后您能安息于此，不仅后世子孙有好日子过，还能逢凶化吉五辈之内定出大福大贵之人。言罢，给祖太爷深深地鞠了一个躬：世上没有不散的宴席，咱老哥俩就到此分手吧！我想象不出当时祖太爷的那份激动，只听长辈们传说，他跪在地上给河南人咚咚咚磕了三个响头，两个人才挥泪而别。

从此，那个沙丘就成了我家的第二块墓地。

阴宅选定，祖太爷在五华里之外的一个小村落了户。不知是我家该时来运转了，还是河南人当真有点道行，当祖太爷寿终正寝，尤其是几个太爷和几个爷爷的尸骨在那里井然有序地排开之后，我家的日子就蒸蒸日上了。不管租种的土地是好是孬，几乎岁岁五谷丰登。粮食用不完，就换牛换马买车买犁，到解放前夕已狮子滚雪球般滚成了殷实人家。

大约是1945年或1946年初夏的某一日，大伯父犁地，于田头小憩时打了一个盹儿。蒙蒙眬眬中见自墓地深处走来一位白头老翁，老翁指着大伯父身边正在吃草的几匹马自言自语道：此物是祸害，不杀也要卖。大伯父一激灵醒了，知道是南柯一梦，却越琢磨越奇怪。地也没心思犁了，风风火火赶回家，将梦中情景绘声绘色跟家人复述一遍。那时候的人都迷信，一致认为这是祖坟显灵先人点拨，就稀里糊涂地将那几匹马廉价处理了。事也凑巧，时隔三四年土地革命轰然兴起，工作队对租种土地的家庭恰是以家畜和家具的腿数定阶级。我家因卖了那几匹马少了十几条腿而侥幸划为中农，否则，恐怕就成了几十年也不得翻身的万恶剥削阶级了。尽管后来有人说，那天大伯父根本没去犁地，而是拐到后屯他无话不谈的挚友老私塾先生家里闲聊去了。所谓白头老翁说的话实际是老私塾先生说的。其根据是老私塾先生属于“秀才不出门便知天下闻”一类，对时局的发展看得很透，他自己早已料事如神地将很富裕的家败坏一空。大伯父怕家里人阻挠，就编了一个美丽的神话。但是，老私塾先生不承认，大伯父也不承认，就糊涂庙糊涂神将那份功劳记到墓地上了。

也过了几天好日子，也有了一次逢凶化吉，似乎河南人的三句预言已经实现了两句。言之也怪，日月交替到吾辈，李氏家族还真破天荒般出息了个人物。只是恐怕河南人做梦都不会想到，他亲自选定的墓地也就毁在了这个人物的手上。

该人是我的一个远支堂兄。十八岁入党，二十岁提干，二十二岁荣升公社革委会副主任。两年一个新台阶，自视前途无边无际，越发一门心思扑在革命上。上面说破旧立新，他带头烧了挂在北墙上的旧家谱，带头劈了奶奶陪嫁的旧家具。仍觉得革命不够彻底，又带着一个班的基干民兵掘了那片墓地。祖太爷的棺木被吱吱嘎嘎地撬开了，三伏天一股阴森森的冷气袭得人直往后退。待站稳脚跟定睛一看，在场者无不惊得目瞪口呆：百年陈尸轮廓依然，皮包骨骨衔筋，比著名的马王堆女尸还新鲜几分。往足下看有一汪微微荡漾的清水，清水之上漂浮着一只碗口大的蟾蜍。那蟾蜍不知大祸将临，还瞪着一双好奇的大眼睛望着呢！堂兄的舅舅是个小有名气的半拉阴阳先生，方圆几十里死个人什么的都往往请他到场，不仅对哭丧开光入殓安葬那套程序非常精通，据说倘若死者死的时间不对犯了说道还能画符免灾。他愣怔了片刻忙拉住堂兄的胳臂说:孩子，动不得，这是真真的金蟾穴呀，你就要当大官了！堂兄脸一板：什么我要当大官了？老脑筋！老迷信！老封建！随即拂袖跳入墓穴，乱刀砍碎金蟾，利刃劈向陈尸，可怜祖太爷一副有模有样的遗体顿时变得七零八落。然后，和前后左右簇拥他数年的众子孙之遗骸一起，被残忍地抛进了村东头一个废弃的黄土坑里。

千年沙丘又恢复了本来面目，仿佛历史的长河在这里打了一个旋儿，又义无反顾地向前流去了。而一年以后，堂兄却一病不起，周身皮肉一块接一块腐烂。打了上千针青霉素，喝了上百副中草药，终没活过来。族人痛苦惋惜之余，无不说是“报应”。我对此事也深感不解，参加工作后，有一次与一位医生朋友闲聊。他沉吟半晌说，听其症状，倒好像是酒精慢性中毒。这时，我才恍然大悟。堂兄自从升官以来，前呼后拥饭局不断。他又是半斤八两不醉的主，常常代表整个班子冲锋陷阵。特别是脑袋一热掘了祖坟之后，他也是又悔又怕，三天两头就梦见祖太爷龇牙咧嘴地向他扑来，以致折磨得他每晚必须喝得酩酊大醉方敢入睡。如此这般久而久之，也是肉体凡胎的他哪有不中毒之理？看来，所谓“报应”只不过是“巧合”而已。

我的父母相继去世于20世纪70年代末80年代初。那时候，那片沙丘早已沧海桑田为一家砖瓦场（随着地形地貌和地层结构的被破坏，祖太爷尸骨百年不腐的奥妙必将成为千古之谜），只好就近安葬在村前的一座乱坟岗子里。几年之后分田到户，乱坟岗子也有了主人。主人贴出告示，限所有坟主十天之内处理掉坟茔，或深葬或迁移。否则，误了农时须赔偿一切经济损失。纵观十里八村均有类似的告示，哥哥来不及与我商量，就匆匆忙忙将父母深埋了。

世事难预料。1989年冬天我们村子又死了一个老太太，老太太的儿子靠跑运输发了财，此人平时对老太太并不孝顺，打打骂骂是家常便饭。死后，却装出一副孝子的模样，花重金买了一块墓地。从此，不管是什么地方死了人，只要给他塞上重金，就可以埋葬在那里。实际上，是做起了死人买卖。

给父母烧完纸，我随侄子看了那块墓地。那块墓地已初具规模，高高矮矮耸立起近百座坟茔。望着那些坟茔，我的眼睛突然有些湿润。是为父母逝世太早没能在那里占有一席之地而悲痛，还是为这片黝黑肥沃的土地又好端端地长出了一个个肿瘤而难过，一时也说不清。

送　灯

送灯的习俗，不知源于何代有何寓意。有人说目的是让死去的亲人，在阴曹地府里借此光亮清理清理身上积攒了一年的污垢。其实，谁都知道人死如灯灭。肉体都不存在了，哪里还有什么污垢可供清理。说穿了，和敬香、上供、烧纸一样，只不过是寄托一下对死者的哀思而已。

冷静想想，社会上一些类似的封建迷信活动，之所以屡禁不止世世代代地流传下来，很大程度都是源于当事者迷。就拿本人来说吧，上面的道理不是不懂。可给母亲送一盏用电做的灯，仍是我二十几年来的心愿。

二十几个元宵之夜，每当我从我栖身的这座城市里看完灯展归来，都要躲进小屋子里沉默许久痛苦许久，都要情不自禁地想起母亲。说出来年轻的读者也许不会相信，我母亲活在世上六十多年竟没看过电灯。自我记事那天起，她几乎每夜都佝偻在一盏煤油灯下，为我们兄弟姊妹七个缝破补烂。那束昏暗如豆又狠毒如箭的光，先是刺伤了她的视力，接着又损坏了她的身体，最后竟无情地夺去了她的生命。我总是固执地认为，倘若母亲的生命中能有一盏明亮的灯照耀，她绝不会那么早就抛下了我们。

能用上，甚至能看上一眼电灯，曾是母亲半生的渴望。

我参加工作后第一次回家探亲，母亲只知道我是采油工，不晓得采的是什么油。我从颜色到形状描绘得口干舌燥她也听不懂，就指着墙窝里的煤油灯说，我们从地下采出的油，不是豆油也不是香油，放在炉子里一提炼，出来的都是生活用品，化肥啦尼龙啦，咱们家里点的煤油也是其中的一种。

母亲似乎一下子听明白了，眼睛顿时一亮，那么说，你们那个地方用洋油一定不受限制了（当时农村煤油按人口供应）。说完，她往我身边凑了凑把声音压得很低，反正随便用又是公家的东西，晚上值夜班的时候，你把捻子捻粗点拉长些，光太暗了会伤害眼睛的。继而又嘱咐道，不过，可千万要小心别失了火，像那年你四姐似的，没把人吓死。

那是我八岁那年秋天发生的事。也是孩子的四姐，坐在煤油灯下打麻绳。打麻绳的程序在我们老家大致如下：先把砸好的麻捆成捆吊在房箔上，再一根根拽下来往玻璃锤子的钩钩上挂，然后拨动玻璃锤儿。随着玻璃锤儿的旋转，松散的麻就变成坚韧的绳了。该绳主要的用途是纳鞋底。乡下所谓的千层底鞋单层底鞋和绣有各种图案的定情鞋，都是用它纳出来的。这样的鞋穿着有些板脚，却结实耐磨，也不长脚气，如今已很少见了。四姐一边打麻绳，一边跟几个左邻右舍的同龄小姑娘嬉戏打闹，一不小心就把瀑布样悬挂的麻撞到了灯火上。麻是农作物里最容易燃烧的一种，可以说沾火就着。现在我每每看到车站码头机场等处，张贴的严禁携带烟花爆竹之类旅行的标语，就会不由自主地想，麻也该列为其中的一项。眼看着一条飞舞的火蛇，嘶叫着向房箔舔去，几个小姑娘都吓傻了。多亏一个平时令我们烦不胜烦总爱东家遛西家串的二流子，一脚门里一脚门外赶上了这件事，喊来了正在小园子里垛柴火的父母，才避免了一场灭顶之灾。

这起貌似四姐实则是煤油灯引起的祸端，对母亲的刺激很大，一连几天几夜没吃好饭没睡好觉，险些惊成精神分裂症不说，时隔数年仍念念不忘。

我强忍住笑，妈，我们那个地方是国家重点企业，点的是电灯。

妈说，不管点的是啥灯，是灯就有火，你可不能大意了。

我说，妈，电灯就没有火。是一个拳头大的玻璃球，里面放着钨丝，一按开关就着了。瓦数越大也就越亮，咱们这屋若是安个 100 瓦的灯泡就跟白天一样。

母亲感到很惊讶。说，刚解放那会土改工作队的人就说，推翻了三座大山你们就有好日子过了，很快就能住上高楼大厦，用上电灯电话。还比比画画白话了老半天，讲它们都是啥样啥样。说句心里话，什么高楼啊电话啊我倒没咋往心里去，一个庄户人家住那么高那么大的房子干吗？上上下下怪麻烦的；屁股大的小屯儿东头喊一嗓子西头都震耳朵，也用不着让电给捎话。这电灯可让我一直惦念着，心里琢磨呀，一旦有了那玩意，油烟子熏不着了，做针线活也不累眼睛了，多好啊！可是，一晃几十年过去了，连那东西的影子都没看着，我还当他是哄咱老百姓开心呢，没想到你们那块儿还真有！

我的鼻子突然忍不住酸了起来。母亲说这话的时候，爱迪生先生已经逝世近一个世纪了。这位伟大的发明家如果在天有灵，听到四大文明古国之一的中国，百年之后仍有一位老太太将他的聪明才智视为神话，不知有何感想。沉默半晌我才颤声说，妈，等我在那边成了家，一定把你接去，让你好好享受享受电灯。

妈说，就你呀，挑三拣四的，这个也不行那个也不中，等你成了家，说不定我的骨头渣子早烂净了。这么的吧，等你再回来的时候，把那个玩意拿回一个让我看看。

我深深地点了点头。

谁知道没等到我第二次探家，母亲就溘然长逝了。

人活一世或多或少都有愧对于别人的地方，而我觉得我的一生最对不起母亲的就是这件事。倘若当年我敢违犯一下单位的清规戒律，要么把母亲接来住几日，要么提前几个月回趟家，就不会造成终生遗憾了。

母亲去世后，尤其是成家以来，每逢年节我都模仿着国人的做法，在十字路口给她烧些纸钱。也曾打算做盏灯笼烧掉，可一些老年人和佛教人士都说没有先例，恐怕收不到。

看来只有亲自给她老人家送去了。

二十多年来我也曾几次回过老家，怎奈公务缠身，总是阴差阳错地没能赶上元宵夜。

今年终于如愿以偿。

天还没彻底黑，我就迫不及待地来到了母亲的安息处（因深葬已无墓），一边摆上一个我特意从城里用干电池焊的灯笼；一边摆上一个 100 瓦的大灯泡。眼含热泪地说，妈，这就是您想看的电灯，如果您九泉之下有知，也该瞑目了。

河　套

回到老家的次日，我就迫不及待地想到河套玩玩。

家里人阻拦说，你别去了，去了会失望的。

我不知道怎么会失望。他们解释道，凡是有水的地方都挖掘成了养鱼池，凡是长草的地方都开垦成了庄稼地，已经丝毫没有河套的影子了。

这就更加促使我非去看看它不可。

果然如此。望着那已经不是河套的河套，我像凭吊一位故去的恩人般沉默了很久。

或许是感情的偏颇，人对故乡的景致都有一种偏爱的缘故。二三十年来，我游览过不少名山名水，总感觉哪里也不如我们老家的河套，尽管它连县志都没上过。

那个河套曾经野花片片芳草萋萋湖泊点点禽兽群群。

在姹紫嫣红千姿百态的各类野花中，鹤立鸡群的是百合和萱草。百合的花赤得纯正开得持久，根部还是名贵的药材。萱草的土名叫黄花菜，花像金色的唢呐，嗅着芬芳扑鼻烹后清香可口。

高高矮矮的草多达几十种，最有名也最有实用价值的是小叶樟和乌拉草。乌拉草是东北三大宝之一，用木制的榔头捶打后絮进鞋壳儿，人走在数九寒天中脚却沉醉于温暖的春光里。小叶樟是建房造屋的上等材料，拌上泥泞成拉哈辫可垒墙，比砖墙坯墙都牢固；沾上水掐头去尾能苫房，夏不漏雨冬不透风，既美观又耐用。所以，有人又直呼它“苫房草”。

大大小小的湖泊星罗棋布，令人心旷神怡的是莲花泡和菱角泡。被诗人誉为“出淤泥而不染”的莲花，因受气候的限制，在黑龙江实属罕见，而它们却在那个泡子里开得蓬蓬勃勃。关于此事还有不少美丽的传说呢！浪漫主义的说法是，很早以前七仙女常到这里洗澡，见这里天也蓝蓝水也清清，就是没有一朵鲜花做点缀，显得少了不少情趣，便背着王母娘娘偷来了莲花种子。现实主义的说法是，元明年间，有一伙山东流浪汉在岸边小憩，不小心从口袋里撒落了几粒莲子。恰巧有一只打鱼郎飞来，含在嘴里咬了半天没咬动，就一气之下吐进了湖里。总之，这关东人很少见的尤物，莫名其妙地在那个泡子里扎了根。莲花不仅花朵端庄秀丽，果实和茎部都含有多种维生素。菱角是世界上最团结的植物，根牵根叶连叶，盛夏时节整个菱角泡绿油油一片。蜻蜓蝴蝶成双成对地在那里翩翩起舞。有些小鸟不明真相也来寻欢作乐：体轻的，叶子摇它也摇，叶子摆它也摆，身不由己地跳起了水上芭蕾，直到筋疲力尽；体重的，一下子跌进了绿色陷阱，落了个落汤鸡样之后，奏着一串儿意味深长的哨音飞走了。菱角的果实呈标准的三角形四角形及五角形。含淀粉高的干面干面，含淀粉低的甘甜甘甜，是我童年最喜欢也是仅有的零嘴儿。

至于禽类兽类到底有多少种谁也说不准。禽类随处可见的是野鸡野鸭，在繁殖期有人一天竟拾到近百枚它们的卵。在这里值得一提的是，河套里有一种极小的鸟，我们不知道它的学名叫什么，乡亲们都喊它“小不点”。小不点小到什么程度？这么说吧，它的窝都筑在蒿秆上。有一次我打柴火抓到一只，准备放在蝈蝈笼里养着。那个蝈蝈笼有一个拇指大的洞，我一转身竟让它逃掉了。后来我学地理知道世界上最小的鸟是蜂鸟，我估摸它恐怕就是中国乃至亚洲最小的鸟了。兽类三五成群的是兔子和貉子。兔子肉很有意思，掺在鸡里是鸡味，掺在鸭里是鸭味。如今人们将其喻为一些活不出自己滋味放荡不羁的女人，不知是否与此有关。貉子最珍贵的是皮毛。做成的帽子和大衣可与赫赫有名的狐狸制品媲美。逮貉子有个诀窍，只能用手抓不能用脚踢，据说一踢它的“裆”便开了，任你是飞毛腿也很难追上。

这些花草这些湖泊这些禽兽，不仅把默默无闻的少凌河装点得分外妖娆，也使近在咫尺的我们村子充满了诱惑力。从解放初到现在，短短半个多世纪时间，它就由原来的十几户猛增到了近百户。我们家是三年自然灾害时期走了不少关系才搬去的。临搬前，父亲就对一个朋友喜盈盈地说，那个河套是个聚宝盆，要吃的有吃的，要烧的有烧的，要用的有用的，就是再灾害个十年八年也照样活得下去。盖房子对咱们农民来说是一件大事吧，在那里也不费吹灰之力。当时我尚年幼，正是“不当家不知柴米贵”的季节，最看好的是河套里的景致，认为它是天然的游戏场。事实也确实如此。在没有跷跷板和碰碰车的穷乡僻壤，它是故乡人世世代代的摇篮。倘若提起发生在河套的趣事乐事，我这个年龄段以上的众乡亲，拉出一个就能滔滔不绝地讲个三天两日。

然而，这一切的一切都成了历史。

假如挖掘的养鱼池开垦的庄稼地，真的为社会创造出了可观的经济效益，那么这个河套牺牲得也算壮烈。

遗憾的是，恰恰相反。

承包那片庄稼地的是我的一个老同学。提及此事他眼泪汪汪。辛辛苦苦耕种了十几年，不仅丝毫没有得到回报，反而欠了一屁股债。1998 年那场举世闻名的大洪水不说，就是风调雨顺的年头，也往往是颗粒无收。

承包养鱼池的那位我不认识，是招商引资来的一个暴发户。据说投进去的几十万元巨款，也都打了水漂。

我说你们是不是没管理好啊？

老同学摇摇头，主要原因是地势比周围低得太多，只要下点雨四面八方的水就汇聚到这里。三伏天雨水又勤，养鱼池哪有不决堤、庄稼地哪有不灌包的道理？

我知道他讲的是事实，可村中几位老年人却异口同声地对我说，这是老天爷对人类贪得无厌的一种惩罚！其实，受到惩罚的决不仅仅是他们两个承包人，整个村子乃至十里八村都是受害者。小孩儿没有了放牧童年的场所，餐桌上没有了色味俱佳的野物，身上没有了貉皮帽子貉皮大衣。尤其是盖房子再也不像父亲说的那样轻而易举了，因为没有了小叶樟，垒墙需要买红砖，封顶需要买铁皮，很多人家都因此负了债。

我对老同学的未来很担心，就问他以后打算怎么办？

老同学回答得很干脆：废弃！我们两家都商量好了，越干陷得越深，再干下去就有倾家荡产的风险。另外，上边也有这个意思，准备收回去再让它恢复成河套，将来开发个旅游区什么的。

我忍不住笑了，真想告诉那些决策者：大自然不是驯兽师手里的猴子，任你吆三喝四；更不是魔术家面前的道具，随你变来变去。一块打碎的镜子尚且难以重圆，何况几千年甚至上万年形成的地形地貌！即便你有权力调动千军万马，再造出一个人工的河套，那些花草那些湖泊那些禽兽，历经了这场大浩劫之后，还敢重返它们的故乡吗？

老　井

多少年老规矩没变，正月初二仍是拜亲访友的日子。一年欠下的感情债要在这一天偿还，也似乎只有在这一天才能还得清。

这天，太阳刚刚露出粉红色的笑靥，姐姐就把外甥喊了起来，指着柜盖上一个大红包裹说，给西院你刘叔家送去，咱家井坏了，去年用人家半冬水。

外甥洗把脸，很乖地走了。

姐姐年逾古稀的公公，望着外甥的背影却长叹一声，这年头，吃口水还欠人情，那口老井不填该有多好，作孽呀！

我已经十几年没回老家，听了老人的话，才知道那口老井已经永远在这个世界上消失了。心，也禁不住一阵酸楚。

准确地说，这个“老家”是我的第二故乡。20 世纪 60 年代初我随父母迁徙至此，已经七八岁了。到这里听到的第一首民谣就是：白家岭白家岭，祸在桶福在井。当时，我只知道白家岭是这个村子的名字，并不解民谣的真正含义。

渐渐才明了。

原来，很早以前白家岭的人清一色姓白。白氏家族是一个极其兴旺的家族，拥有房屋百余间良田近千亩。日本鬼子侵占东北时期，族中有一人不小心染上了鸦片瘾，且瘟疫般一传十十传百，大烟桶眨眼间就像烟囱一样开遍了整个村子。到土地革命之时，不仅所有的成年人都抽成了一副苦大仇深的模样，家家也都抽成了叮当作响的铁杆贫雇农。而几户靠省吃俭用艰苦奋斗买了他们的房，买了他们的地，给他们做了几代长工的真正贫雇农，却纷纷被划为地主或富农。白氏家族一跃又成了这个村子的领导阶级，直到现在担任书记、村长、会计等重要职务的仍多是他们。中国农村的这段历史是否公平我无权亦无意评说，我要讲的是这首民谣前半句的不准确性。实际，大烟桶不是祸了白家而是福了白家。

后半句却是千真万确的。

那口老井是我们村子唯一的一口井，年龄比我们村子还大。据说在它诞生之前，曾有几伙逃荒者流浪汉，见岭下花草繁茂土壤肥沃，便想安营扎寨长期生存下来。而生存的首要条件是有水吃，可他们打出的井，不是滴水皆无，就是苦涩难咽，最后只好都恋恋不舍地走了。奇怪的是，白家祖先却在这里一举成功，并且一钻头钻穿了九个泉眼。九个泉眼的水似脱缰野马般一齐喷射而出，在灿烂阳光的映衬下，如倒挂的七彩瀑布很是壮观。见状，打井人又慌忙跳进去不知用什么绝招堵死了八个，剩下的一个水量仍无比充足。从此，他们就在这里安居乐业了，并给村子起了一个很霸道的名字：白家岭。

事实上，老井福了的不仅仅是白姓一家。半个多世纪以来，村里又陆陆续续增加了几十个姓氏。千八百口人、千八百头（只）畜类和禽类都靠它活命；一遇旱年，村子周围千八百亩庄稼也要靠它灌溉。老井的水晶莹清澈，味道纯正。喝一口，尤其在烈日炎炎的夏季喝一口，直沁心肺浑身舒泰，是现在任何一种祛暑解渴的东西都无法与之媲美的。20 世纪 70 年代初村里有位下放的右派，曾说老井的水含有多种对身体有益的矿物质，倘若用它酿啤酒或做饮料都能卖上好价钱。当时人们都当笑话听，如今想来绝非无稽之谈。大约十五六岁那年腊月，我跟几个小玩伴儿上县城办年货，临归前在候车室里和乘务员闲聊。当她得知我们都是白家岭人时，仔细端详我们半晌然后叹道，早就听说你们村子有一口好井，果然名不虚传。那井真养人，瞧你们各个白白净净细皮嫩肉的，哪像农村孩子！县城距离我们村子一百二十多华里，由此证明老井不光水好吃知名度也是极其高的。

每逢春节，都有村民主动地在老井旁贴一副对联。其中有一副至今我还记忆犹新。左联是：辘轳摇来朝阳；右联是：扁担挑走月亮；横批是：天天如此。此联虽有些夸张，却也道出了老井当年的兴旺景象。几十年前的乡下人，一般都是伴着雄鸡鸣唱起床随着小鸟归巢就寝，而我们村子却十次有八次，是在辘轳吱扭吱扭的音乐声中醒来及入睡的。我曾读过一篇题为《南方的井》的散文，文中说“南方的男人疼女人就把女人关在家里头，南方的井，就成了南方女人生活的一部分”。我们老家的男人恰恰与此相反，或许他们历史上就很少到外谋生的缘故，凡是疼妻子的丈夫是绝对舍不得让女人上井沿的。这样，挑水就几乎成了男人的专利。因为他们白天要到大田里参加劳动，所以大多都是利用早饭前和晚饭后的这段时间挑水。往往十几个甚至几十个男人不约而同地集聚到老井旁，边排队，边闲聊，那些手脚闲不住的半大小子还常常边打边闹。不仅枯燥笨重的体力活在说说笑笑中轻松愉快地完成了，从某种程度上讲，还沟通了感情，加深了了解，缩短了心与心之间的距离。在我的记忆里，我们村子的人相处得一直比较融洽，即便在“文革”期间也如此。不知这与同饮老井水有没有关系，反正，谁和谁闹了别扭，劝解的人第一句话就是：都是喝一个井的水长大的，有啥解不开的疙瘩呢！闻之，矛盾的双方就会很快烟消云散化干戈为玉帛。

其实，老井最热闹的时候是一年一度的元宵节。我们家乡一带上元之夜大致有两项活动：一是撒灯二是滚冰。所谓滚冰就是人躺在冰面上骨碌几个回合，言称能骨碌来好运气。松花江和少凌河都与我们村子咫尺之遥，冰面也光滑洁净，可乡亲们却偏偏选中了老井。说是老井的冰除了能给人带来吉祥外，还能消灾去病。在这一天，夜幕刚刚拉开，村里的男女老少就灯笼火把地倾巢出动了。井沿的冰都是挑水和饮牲口时不慎洒落的水结成的，有的地方凸凹不平，有的地方料峭如壁，可人们仍滚得兴致勃勃有滋有味。一些人自己滚了不算，还要当作一份贵重的礼物送给躺在病榻上或摇篮里的亲人，据讲只要在他们身上摩擦一番也能起到同样的效果。

有人把故乡的水称为母亲的乳汁，我认为这是世界上最恰当的比喻了。一个人无论出息到什么程度流浪到什么地方，跟母亲一样难以忘掉的就是老家的井。拥有优良水质和神奇色彩的老井，更是无时无刻不牵动着游子的心。我参加工作以后，老井到底多少次入梦已无法数清，只记得其情其景一次比一次栩栩如生，一次比一次活灵活现。我一向不怎么相信梦与现实背道而驰的说法，谁料这次却不幸应了某些释梦者的论断。

听着老井被填的经过，我也禁不住和老人一起愤慨起来。

村支书见一位水平和资力都与他相差无几的同事，当上了主管农业的副乡长，心急如焚，便四处预测自己的未来。有个风水先生说，你家住房若建在老井之上定能飞黄腾达，别说小小的副乡长，将来就是副县长也得听你调遣。书记不解，他继续指点迷津，在凡夫俗子看来老井底下是九个泉眼，实际那是九条白龙啊，此乃真正的藏龙卧虎之地也。

于是，书记毅然决定毁灭老井营造私宅。并哄骗村民说，老井已跟不上历史前进的步伐，一家一井是社会主义新农村的需要。有个敢于仗义执言的村民坚决反对。他指着那人的鼻子道，老井本是我家老祖宗留下的遗产，你无权干涉！

新房很快盖起来了，也很快变成了旧房，村支书依然是村支书。悦耳的辘轳声却永远听不到了，取代它的是家家厨房里铁与铁摩擦出来的噪声。冷眼望去社会确实向前迈进了一大步，只是仔细品品少了许多故乡的味道。

牧　场

路还是那条路，天还是那片天，前方却不再是那幅迷人的风景了。那座我童年的心目中宫殿般堂皇的小楼已窗残几破满目疮痍，除了几只麻雀在阳台上叽喳，一只秃鹫在烟囱上打盹儿外，毫无生机。

这就是我为之骄傲为之自豪过的牧场吗？

记得我偎依在身穿崭新嫁衣的姐姐怀里最初踏上这条乡间大道的时候，只有六七岁。送亲的马车伴着喜庆的唢呐，不知穿过几个村庄爬过几道高坡之后，红娘指着这座小楼高声宣布：那里就是！那里就是！它的威武它的雄壮，立刻引起了满车茅屋草舍长大的亲戚朋友赞叹不已。都说姐姐没白挑挑拣拣，终于掉进福窝里了。姐姐高兴得满脸通红，我也莫名其妙地升起了一种幸福感。

上学后，我一半是出于对姐姐的思念，一半是出于对这座小楼的崇拜，或暑假或寒假总要找个借口去住个十天半月。那时候的牧场可用“发达兴旺”四个字来概括。猪上万头羊千余只马近百匹，至于鸡，就是饲养员也报不出个准确数字来。姐夫是牧场里的兽医师，整天忙得团团转。

一个家庭也好一个单位也罢，都是“穷在大街无人问，富在深山有远亲”。尽管牧场非常偏僻，偏僻得连电流都无法抵达，当时那座小楼也整日人来人往车水马龙的。洽谈生意者有之，取经送宝者有之。当然，也不乏拉关系走后门的人。一到年节更是热闹得了不得。有一年春节期间姐姐生小孩，我随伺候月子的母亲前往。印象里那是我一生中度过的最愉快的一个节日，从正月初一到元宵夜几乎天天有节目看。白天是秧歌、高跷，晚上是评剧、二人转。这些浩浩荡荡涂脂抹粉的拜年大军，最远的竟来自几十公里之外。据姐夫说仅吃吃喝喝和迎接的鞭炮，就花掉几千元。我禁不住感叹道，你们场长的朋友真多。姐夫不屑地说，啥叫朋友？有的刚刚沾点边儿就凑呼上来了，他们都把这儿当成了一块肥肉，名义上是拜年，实际是想套套近乎买点内部价牲畜！

原来牧场出售的牲畜有两种价格，一种是市场价，一种是内部价。按上级有关部门规定，内部价只允许出售给老弱病残者。其价格低得惊人，有的连饲料和人工钱都卖不回来。至于什么是老弱病残者，也没有个明确的界限，这就给一些别有用心的人造成了可乘之机。于是，“以好充次”的事屡屡发生。一匹高大健壮的马往往就卖个百八十元钱，尚不及一头饱揣羔的母猪。其中的奥妙连牧场的孩子都看得清清楚楚，我姐姐的院子里常常有一伙跳格的小姑娘，她们一边有节奏地踢着五颜六色的口袋，一边抑扬顿挫地唱着这样的童谣：只要关系铁，成的也是瘪；只要后门硬，好的也有病。

牧场是不是从那个时候，就开始一锹一锹地为自己掘着坟墓，我不敢说。断定它迟早要走向灭亡的，是20世纪80年代中期我探家的那一次。其时，外甥女小玲已参加工作，在鸡场里做防疫员。我在姐姐家住了十几天。感到莫名其妙的是，没看见她们家养鸡，也没听到鸡的惨叫声，却天天晚上有鸡腿，顿顿桌上有鸡肉。一开始，我以为是姐姐事先杀好储存起来的。后来才知道，这都是做防疫员的小玲一手变出来的魔术。她利用工作上的方便给一只只活蹦乱跳的鸡，编造出一条条莫须有的病名，然后残忍地处死丢在鸡场外，再让外甥小生于夜间偷偷捡回家来。我为小玲这种亲情深深所感动的同时，也为她不知是以权谋私还是监守自盗的行为而气愤，更担心她在错误的道路上越走越远。就板着面孔指责她哪里是什么防疫员，分明是瘟神！话一出口我就有些后悔，怕她接受不了。没想到小玲哈哈大笑道，老舅，你真是少见多怪。要说瘟神，我们场子的每个人都是。因为摊上了一个布尔什维克的老爸，整天便衣警察似的监视着，我还算最安分守己兢兢业业的了！你没看那些饲养员呢，把猪啦羊啦砍死吃掉、把牛啦马啦偷走卖掉的有的是。我说，对这种现象你们场长不管吗？小玲说，场长本身就是最大的瘟神，自己一屁股屎没擦净敢管谁呀！一台价值仅几万元的设备，花十几万元购回来；一个占地几十垧的分场，一年承包费才要几万元，他到底捞多少回扣谁心里不清楚？

听了小玲这番话，我就痛苦地想牧场已走进了暮年，只是没意料到这么快就人去楼空树倒猢狲散了。

姐夫是牧场的元老，也是兽医所的创始人之一。他目睹了牧场从诞生到灭亡的整个过程，不仅受到的精神打击最大，因工龄最长文凭最高经济损失也最大。日积月累的几万元薪水分文没开不说，连借再抬的几千元集资款也没了踪影。一家人的日子之艰难可想而知，害得姐姐始终不敢回娘家，怕在当年送亲的那些人面前抬不起头来。

提及此事，喝酒前，姐夫一个劲儿地长吁短叹；喝酒时，也只是反反复复地唠叨：一个好端端的场子怎么说完就完了呢？姐姐忧心忡忡地悄声跟我说，你姐夫是不是得啥病了？怎么这些年磨磨叽叽地就是这一句话呢！

放下筷子，我想与姐夫好好谈一谈。不料，他连招呼都没打就匆匆忙忙地走了。姐姐怕我有什么想法，慌慌地解释道，这是他的又一个病，从打场子黄的那一天起，一到这个时候就要到兽医所里看看，谁也拦不住！

兽医所在场部的一楼，距离姐姐家顶多三百米。我也很担心姐夫是否患了精神分裂或忧郁症之类的疾病，就悄悄地尾随而去了。透过玻璃窗我看见他先是聚精会神地擦着那个陪伴他大半生已经废弃了很久的办公桌，继而，又满面微笑目光炯炯地眺望起远方来。是在回顾牧场辉煌的过去，还是在巴望牧场能有一个美好的未来，我不敢肯定。但可以让姐姐放心，那不是病而是梦。

我怕把姐夫惊醒，默默地走了。

宰大辈儿

爷爷是老疙瘩，父亲也是老疙瘩，我又是老疙瘩。这样疙瘩来疙瘩去，就把我疙瘩成了李氏家族辈分极大的人。到底大到什么程度？这么说吧，与我年龄相仿的人没有一个敢直呼我名的，不是叫叔叔，就是叫爷爷。

小时候，和这些侄子、孙子们打架。打输了，他们的爸爸或妈妈会谴责他们：没老没少伤天害理；打赢了，他们的爸爸或妈妈会安慰他们：长辈的打几下应该。那时候不懂得这是儒家的思想、民族的美德使然，只感觉做大辈儿的滋味真好。

1999 年春节前夕为探望年逾古稀的大姐，我回了一次阔别近 30 年的老家。遗憾的是，不但丝毫没重温到大辈儿的那种温馨感，而且至今回忆起来心里还不是滋味。

临走之前，我知道随着岁月的流失，我在老家的辈分已经越来越大，可能“滴拉孙”“耷拉孙”都举目皆是了。尽管这些“孙子”们跟我几乎没有血缘关系，只是同祖同宗而已，但是大过年的人家如果去看你喊你一声什么爷爷，你总不能装傻充愣多少也得表示一下吧。于是，就特意到银行换了几十张嘎嘎作响的十元小票，又到商店买了一提包花花绿绿的糖果，才颇有长辈风度地上了路。

到大姐家的次日，我“荣归故里”的消息就不胫而走了。第一个前来看望我的是刚。刚是我一个远房堂兄的儿子，也是一起摔过泥巴的玩伴。他的年龄顶多比我大两三岁，却怀里抱着、衣角衔着、身后跟着四个孙子孙女。我们两个手拉着手，介绍了一番各自的近况，感慨了一阵岁月的无情，回忆了一些童年的往事。刚突然站起来对他的孙子孙女们说：快跪下给你太爷磕个头咱们好回家。还没等我反应过来，四个孩子已齐刷刷地跪成了一排，连怀里抱着的那个小四儿也训练有素般地跪得溜直。我边慌忙地跑过去扶他们，边责备刚都 90 年代了怎么还让孩子搞这一套？刚说，不管啥年代，长辈也得有长辈样，晚辈也得有晚辈样，老祖宗留下的规矩咱不能破了！刚的话使我深受感动。记得几十年前在一起摔泥巴的时候，他就叔长叔短的对我非常尊重，几十年后他又把后代培养得如此有礼貌真是难得。既然人家两代人都做出了晚辈的样子，我想，此时我也该以实际行动做出点长辈的样子了。于是，就让大姐包出四包糖果，自己也从口袋里掏出四十元钱，分别递给了四个孩子。没想到，他们竟愣愣的谁也不伸手。我心里暗暗钦佩刚教孙有方，嘴里却让他劝孩子收下。刚吭哧半晌终于说出了一句话，差点没把我惊成木鸡。他说，老叔，你误会了。他们不是不收，是嫌少呢！我的心一下子翻腾起五六种滋味，可面对四个天真的幼童又无法说什么，只好再次把手伸进口袋又掏出了四十元钱。三个大的这回很顺利地接过去了，小四儿却陡地把手背到了身后，歪着脖子奶声奶气地说了一句：还少！这是他进屋后说的第一句话，也是一直到走说的唯一一句话。我又好气又好笑，只好又递给他一张，他的脸上才勉强露出一丝满足的微笑。

刚领着孙子孙女们刚刚出门，强又率领几个童子军冲了进来。强与刚差一辈儿年龄也差一代，却像是一个老师教出的学生。不光编制一样，战术也一样。进屋都是先拉家常，再让孩子跪下。只是他的队伍相对来讲没有刚的队伍贪婪而已。

第三拨照旧。

第四拨依然。

一天下来，我不仅应付得筋疲力尽，被叩拜得神魂颠倒，被"爷爷"得心惊胆战，满满的提包已变得瘪瘪，口袋里的小票也所剩无几了。正不知明天该如何打发，大姐对我说，一整天人来人往的我也没倒出机会跟你说，我的傻弟弟呀，你让这些人给"宰大辈"了。在城里我只知道有"宰大款""宰大户"之说，对于什么是"宰大辈儿"还闻所未闻，就忙问大姐是怎么回事。

大姐说，大概是七八年前村东头赵三儿的伯父从台湾回来省亲。他这个伯父很有钱，不管是家族里的人还是亲戚家的人，只要带着孩子去看他，给他磕几个头喊几声什么爷爷、什么姥爷，他就随手掏出几张大白边。这事一传俩俩传仨，最后八竿子扒拉不着的也领着孩子去挣钱。有的自己家里没有孩子就临时认个"干姑娘"或"干儿子"，然后"三七"或"四六"分成。末了，弄得赵三儿的伯父两手空空，连返程的机票钱都是让他儿子从台湾现寄来的。人们就给这种做法起了个名字，叫"宰大辈儿"。现在，这些人也一定是把你当成大款了。

大姐的话说得我顿时毛骨悚然起来。我知道光李氏家族的人，今天充其量也就来了一小半儿，假如沾点亲带点故的再来一些，这几天我能招架得住吗？

大姐说，你别着急。我早就想好了，这个“年”呀，咱们姐俩上县城你外甥女家里去过。

我说这样做不好吧？

大姐说，有啥不好的。你给他们钱他们也不领情，不给他们又得罪了他们，我想来想去只有“躲”为上策。

我冷静想想也只好这样了。

虽然当夜我就随大姐打辆出租车逃出了那场灾难，但是精神却久久地陷在痛苦的深渊里不能自拔。我不明白我善良的族人为什么也变得如此不可思议了？尤其是每每想起小四儿那双白嫩的小手，和那句奶声奶气的“还少”，心，就会火烧火燎般地疼痛。

据刚说，当时他还不满三周岁。

自杀的鸟

自幼爱鸟。

模模糊糊记得五六岁的时候，我到姑姥家做客。姑姥家的小舅舅，养一对红脑门、红肚囊，叫起来很悦耳的鸟儿。临走时，姑姥给我装那么多好吃的东西，我竟固执得一样不拿，非要带走一只鸟不可。那鸟是小舅舅的心爱之物，且小舅舅年仅长我两三岁，也是个不懂事的孩子，他自然不同意。姑姥哄劝打骂软硬兼施了半晌，我才如愿以偿。或许我深知此鸟来之不易的缘故，一路上既怕它冻着又怕它跑掉，小手越攥越紧，等跨进家门它已变成了一具鸟尸。捧着鸟尸我哭得鼻涕一把泪一把，妈妈又心疼又气恼地说："我死那天，你能哭得这么伤心，我就知足了!"

清清楚楚记得十二三岁的时候，有位同学送给我一只俗称"烙铁背"的鸟儿，刚养三天就被四姐养的一只小猫吃了。四姐比我大八九岁，我的整个童年都是在她的背上度过的，之间的感情绝对要超过普通的一奶同胞。可为了一只鸟，我把那只猫打得半死不说，还与她吵得不可开交，直到父亲出面干涉才平息了这场风波。

以上两件小事儿，足见我爱鸟之深了。

然而，两只直接和间接死在我手里的鸟，也使我彻底打消了养鸟的念头。我认为鸟的生命太弱小，犹如美丽的鲜花，是可观赏而不可采撷的。

丁丑年初春，我去了一次海拉尔草原。从一只只死亡的鸟身上，却惊讶地发现了这些弱小生命的伟大。

那是些撞死在车窗上的鸟。

崭新的日本丰田轿车，在无边无际的大草原上奔跑着。伴着马达的轰鸣，耳畔偶尔传来噼噼啪啪的撞击声，透明的玻璃窗，也随之绽开一朵朵鲜红的玫瑰。

我茫然地望着司机。

司机说："鸟，撞死的鸟！"

我以为车速太快，乱了鸟的阵营使它们慌不择路所致，就劝司机把车速降下来。

司机说："这是自杀的鸟，即使我把车停下，它们也会撞死的。"

我不解。

恰在这时，车要补充些冷却水，我也借机走下车方便一下。事儿还没彻底办利索，就听见身后的车窗又"砰"地响了一声。我回头一看，一只百灵鸟已惨死在引擎盖子上，嘴角挂着鲜红的血，眼睛瞪得老大老大。从这双充满眷恋和愤怒的眼睛里，我不得不相信了司机的"自杀说"，因为它让我想起了记忆深处的另一双眼睛。

那是"文革"期间，我们村子一位下放的"右派"，经受不住"造反派"的革命行动，于一个漆黑的夜晚悬梁自尽了。当时，人们管这种人的这种死法叫作"自绝于党、自绝于人民"，本该草草掩埋完事，可他却迟迟入不了殓，原因是眼睛坚决不闭，而按照我家乡一带的迷信说法，这样下葬会给整个村子带来不祥。村中长者诚惶诚恐群策群力仍无济于事，"造反派"头头更是吓得要死、恨得要命，指着那具僵尸颤巍巍地说："你死了还在仇视无产阶级专政，到阴曹地府也不会得到好下场!”随即竟命令两个打手残忍地将他的眼睛挖了出来。

一晃几十年过去了，我已不记得那位“右派”的姓名和相貌，却没有忘掉那双被剜的眼睛。它们和这只百灵鸟的眼睛一样瞪得老大老大，凝固的目光里也闪烁着同样的内涵。

我觉得，只有坚持正义争取自由的自杀者，死后才有这样不瞑的眼睛。

可是，拥有广阔蓝天无垠草原的鸟类，缘何也选择了这种死亡方式?

丰田轿车重新上路后，健谈的司机终于为我解开了这个谜。

野外作业艰苦枯燥，井队工人就捕杀各种野生动物改善生活和打发寂寞的时光。其中，鸟类是最主要的受害者。哪里竖起绿色的野营房，哪里的鸟类就面临着灭顶之灾。气枪、铁夹、尼龙网合谋着一步步将它们推向死亡。然后，煎之烤之烹之炸之。一个队一天捕鸟的纪录可达几百只，贵客光临以设“百鸟宴”招待为最荣耀的事。十年来，弱小的鸟与强大的人进行了不屈不挠的斗争。有时，它们投炸弹般将粪便丢在钢盔上；有时，它们恶作剧般将晾衣绳上的衣物践得一塌糊涂；有时，它们游击队般潜进设备将井然的线路弄乱……然而，终未使人放下凶狠的屠刀。

“自杀，是鸟的勇士们为了保护同类不得不采取的最后一项措施了!”司机凄然地说。

他的话，立刻勾起了我大脑屏幕中一幅惊心动魄的情景。那是几个月前我读到的冯积歧先生的一篇散文，作者记叙了他的朋友亲身经历的一件事。

那位朋友在深秋的秦岭山中打死一只鸟。那只鸟刚刚败叶似的落于荒草之间，一只鸟从另一棵树上飞旋而来。它拍着翅膀尖叫着扑向草丛，用嘴将死去的鸟衔起来，又放下；放下，又衔起来。如此反复几次以后，尖叫变成了哀鸣。待哀鸣声渐渐嘶哑了、微弱了，它终于平静了下来。然而，平静只是暂时的。令人更加难以诠释的一幕在短暂的平静之后发生了。它在枝杈间窜来窜去，似乎在锦针密织着同类栖身的图画。忽然间，那鸟猛地向作者的朋友扑来。他想举起枪，但手臂僵硬得举不起来。鸟在他的头顶上盘旋着嘶叫着，他以为鸟要啄他，急忙闪躲。可是出现的情景不是这样，鸟从他的头上旋过，向黑色的岩石上撞去。一下、两下，它一声也不吭，只是这么接二连三地撞着。当他再看时，黑色的岩石上印着隐隐约约的血，如同模糊不清的文字一般。鸟撞死了，死在离它同类不远的岩石上。

我颇动感情地将这个故事跟司机讲了。沉默了一会儿，司机说："但愿那岩石上的血和这车窗上的血，能够唤醒人类的良知。"

我默默地点了点头。

悲哀的狗

队长很热情，一再奉劝我们吃完狗肉再走，并诱惑说手把狗肉要比手把羊肉鲜美得多；老天也很热情，刚才还晴空万里霞光绚丽，转眼间就乌云密布风雨交加起来，似乎也有意在挽留我们。说实话，我对狗肉也是一向情有独钟的。在家时，不管是做东还是做客，只要是下饭店，我就竭力主张上狗肉馆。可是，望着那只徒有黑铁塔般雄壮外表的狗，我却无论如何也调动不起食欲来。既不忍见它小小的年纪就被缚上了绞刑架，也不愿啖它那一身媚骨和贱肉。

我觉得，温驯如羊的狗，其肉绝不会比羊鲜美。

那只译成汉文名为“猛兽”的狗，是呼伦贝尔草原正宗牧羊犬。一年前蒙古牧民乌尔逊嘎查作为一件珍贵的礼物送给这个地震队的时候，它还没彻底断奶。据乌尔逊嘎查介绍，猛兽的父亲曾多次战败同类或异类的对手。其中最辉煌的一次，单枪匹马杀退了三四只疯狂扑向马群的狼。猛兽的母亲也是“巾帼”英雄，一年冬天曾与无边无际的暴风雪搏斗两昼夜，保护了八只迷途的羔羊安全返回主人身边。而一胎六子中，乌尔逊嘎查认为，只有猛兽不折不扣地继承了父亲的英勇、母亲的顽强。如果按照藏民培养獒的方法，将它和它的同胞置于漆黑的地窖中，不赐食物生死由之，它定会食尽兄弟姊妹，变成连人都敢吃的獒的。那天乌尔逊嘎查郑重地将猛兽交给队长时，幽默地说："有它为伴，保证你们在草原的日子夜夜都有好梦做。"

猛兽刚成为地震队一员的时候，也颇有英雄后代将门虎子的样子。某夜，一只野兔误入地震队营区，它奋力挣脱绳索追击两公里之遥将其生擒。事隔不久，负责饲养它的炊事员老翟风湿症复发需回家疗养，猛兽也随之进了城。进城后，它和一只名叫"丑丑"的哈巴狗同吃、同住、同玩耍。半年光景，老翟病愈，猛兽却得了一种奇怪的病。目光软塌塌地失去了强悍，嘴巴笑嘻嘻的没有了吠声，尾巴也脱节般逢人就摇个不停……简而言之，它彻底背叛了自己的血统和名字，既不凶猛也无兽性了。猛兽这脱胎换骨的变化，令工人们很失望、很气恼。他们需要的是骁勇善战的勇士，而不是依人小鸟样的宠物。于是，人们动不动就骂它几句踢它几脚，连一口一口将它喂大的老翟也失去了一日三餐供养的爱心。

倘若物探工作继续在呼伦贝尔大草原上进行着，或许猛兽还能卑贱地活下去。遗憾的是，地震队要迁到一个遥远的地方去，它的存亡问题就摆到了议事日程上。队长原打算将它送给附近一座城市的警犬队，看它经过严格的训练后，能否为维护社会治安做点贡献。来人考察一天，最后摇头走了。再还给牧民乌尔逊嘎查吗？那座毡房已逐水草而迁得不知去向。摆在猛兽面前的唯一一条路，就是死亡。

而且死期就定在今天中午。

关于猛兽以上寓言般的故事，我是在昨天奔赴地震队的路上听司机兼向导小张讲的。尽管我知道它软弱得对任何人也构不成威胁，但是它第一次向我气喘吁吁跑来的时候，我还是本能地躲到了队长的背后。记忆中从未见过如此庞大如此威风的狗，用虎背熊腰狮头豹尾来形容一点都不过分。

队长说："你怕它干吗？它呀，越看你们这些穿干部服装的人越温驯！"

猛兽果然没有伤害我的意思，温驯地望我一眼就摇摇尾巴走了。

就寝前，我踉跄着醉步到外面解手，稀里糊涂踩到了猛兽的身上。我一激灵醉意全消，心想即便再温驯的狗也该反抗一下了。而它却歉意的抬头看我一眼，移移身子又进入了梦乡。那夜，我有生以来第一次为一只动物失眠了。

坦白地讲，我很喜欢狗，也曾多次被义犬救人的故事所感动。

三年自然灾害时期，一位女婴呱呱诞生于一个名为"地主"实则最穷的家庭。当时贫下中农们可以理直气壮地到地里偷点拿点，她们家却只能靠供应的橡子面和采来的野菜为生。骨瘦如柴的母亲自己都朝不保夕，哪里还有乳汁哺育孩子？一家人商量来商量去，终于咬牙决定趁夜深人静之时，将女婴丢到一个来往行人最多的路口，或许还能保住她的一条小命……

就在这个时候，奇迹出现了。

光秃秃的门外突然横躺竖卧着一堆嫩玉米。玉米旁蹲着被汗水和露水浸湿的小黑。

小黑，是她家养的一只狗。

此后，一连几个月门外都摆着各种各样的食物。有土豆、萝卜、大饼子，甚至有粉条、豆包、猪肉。结果，女婴得救了，小黑却因"罪行"暴露被大队党支部书记定为"地主阶级的忠实走狗"判了极刑。

那个女婴后来成了我的妻子。每当她讲起这件事的时候，我都禁不住潸然泪下。

风雪围困阿尔卑斯山，有位探险者不幸遇难。山中修道院一只名叫芭丽的救生犬奉主人之命进山营救。它轻轻拂去遇难者身上的冰雪，又用滚烫的舌头温暖他的脸庞和胸膛。遇难者苏醒后误以为是野狼，惊慌失色地掏出匕首，向兴高采烈地望着他的芭丽刺去。芭丽忍着剧痛返回修道院，人们沿着它的血迹找到了再次昏迷过去的遇难者。遇难者活了，芭丽死了。它一生共营救了四十一个人，却死在了第四十一个人的手里。人们为它举行了隆重的安葬仪式，并将它的功绩刻在一块纪念碑上。

这是我几年前，在一张小报上读到的一则消息。直到今天，只要想起来就忍不住热泪盈眶。

其实，猛兽要比小黑和芭丽聪明得多。否则，不会在短短的半年时间里，就彻头彻尾地学会了哈巴狗的媚气与娇态。它的悲哀是混淆了宠物狗和看家狗的界限，不知道宠物狗拥有这种本事可以在人类中如鱼得水，而它却要因此而命丧九泉……

离开地震队前，我情绪复杂地摸了摸猛兽宽大的额头。那一刻，我多么希望它再聪明些，好好反思一下自己短短的一生。

然而，它不能。因为它终究是一条狗。

毡房做客

既然到了大草原，就不能不去看看蒙族人居住的毡房。

在此之前我曾读过周涛的一篇散文。他说，伊犁的毡房是相当分散的。其实，呼伦贝尔的毡房更分散。那天我们坐着崭新的日本丰田车，在浩瀚无垠的大草原上，东一头西一头无头苍蝇般扎了近三个小时，也没见到毡房的影子。

司机兼向导小张是物探公司的老地震队员，在那里工作了五六年之久，可谓名副其实的“草原通”了。他边擦着满脸焦急的汗水边抱怨道：“这些老蒙真是神出鬼没，搬一次家就跟玩似的，明明前些天这里还有好几座毡房呢，说没竟一下子全没了。”我们安慰他：“这就是蒙族牧民的特色呀，逐水草而迁嘛!”

临近中午的时候，小张指着远方地平线上一个淡灰色的小圆点儿兴奋地说：“总算找到了一座!”随着那个小圆点儿不断在我们眼里变大，他神情严肃地给我们规定了两条“纪律”。一是毡房门口立着一杆马鞭子不能进，这就说明男女主人正在里面上演爱情故事或曰三类片呢！我们要是冒冒失失闯进去，就会被视为不懂礼貌不受欢迎的人。另外，进屋后吃奶酪喝奶茶可以，无论如何不能吃饭。老蒙特好客，有时甚至对客“好”到残酷的地步。去年夏天，我们队里有个哥们儿，休班没事干就心血来潮跑到一座毡房去喝酒。结果上了桌子人家就不让下来了，一连喝了两天两夜，最后喝成了一具僵尸。

说得我们浑身汗毛一根根直往起竖。

那座毡房门前没立马鞭子，却立着两只虎背熊腰的牧羊犬。面对呼啸而至的庞然大物它们一点惧色也没有，狂吠着一左一右猛扑过来，任凭小张拼命按喇叭轰油门，就是不后退半步。世界上的山有“山神”、河有“河神”，我不知道草原有没有“草原神”，如果有的话，我觉得该是骁勇善战的牧羊犬。它们捍卫的不仅仅是牛羊马匹，还有这个孤独寂寞经常与风霜雨雪及各种野兽打交道的民族。

随着一声轻轻的呵斥，两只牧羊犬终于停止了进攻。一个面色黝黑的青年，从毡房里走了出来。

没等我们说明来意，他就微笑着用手势示意我们进屋。

毡房十分简陋，无炕无床无箱无柜，只有地中央坐着一只熊熊燃烧的火炉子。世世代代几辈人都这样无遮无掩地蜗居于此，掀开门帘的那一瞬，我豁然明白了为什么毡房门口，光天白日还要时不时地立起一杆马鞭子。是马鞭子保证了这个民族的生生不息呀，它应该和牧羊犬一样受到尊重。

这家人只有男主人会汉语。言谈中得知他曾在沈阳当过三年兵，名字叫张嘎道尔吉。我们就风趣地称他为“老兵张嘎”。老兵张嘎转业时放弃了留城工作的机会，毅然回到了大草原。他说他喜欢大草原清新的空气、美丽的风光，整天和牲口在一起也没有人与人之间的那种烦恼。说到这里老兵张嘎长叹一声，如今的年轻人和我当年想的不一样了，他们喜欢的是热闹和繁华。这不，两个大孩子刚满二十岁就都陆陆续续到城里打工去了。小儿子因为不会汉语在外面有诸多不便，才不得不留在自己身边。

我们说，你应该教教他汉语，也让他出去闯闯出息一下。

老兵张嘎笑了，反问我们：难道做个牧民不好吗？

我们无言以对。

女主人干净利落。这些，可以从明光铮亮的地板和一尘不染的茶具中窥见一斑。她一会儿给我们斟斟奶茶，一会儿给我们添添奶酪，其余时间，就坐在一旁看着我们说说笑笑。态度谦恭面容平和，一副彬彬有礼的样子。

奶茶，既有乳汁的甘甜又有浓茗的微苦；奶酪，刚放进嘴里味道平平却越嚼越香。我一边津津有味地品尝着，一边回味老兵张嘎的话，觉得当个牧民真的没什么不好，他们的生活也许就像这奶茶奶酪一样，有甜有苦越嚼越香。

照相，是我们次此之行的第二个目的。我们要把草原旖旎的风光、蒙族淳朴的风情摄下来带回去，喧嚣污浊的都市生活太需要这种装饰和回忆了。老兵张嘎夫妇从毡房后面的木轮车里精心挑选出几件蒙袍、几条纱巾，他们最小的儿子从马群里牵出一匹高大英俊又性格温驯的马。蒙袍湛蓝、纱巾雪白、马匹枣红，恰巧与蓝天、白云、红日浑然一体。我们变换着各种姿势调动出各种表情，一张接一张忘情地咔嚓着，谁也没顾及到鞍前马后为我们服务的四只渴望走进镜头的眼睛。

直到最后一张彩色胶卷也无情地曝了光，有人才礼节性地对老兵张嘎说，你们也照几张吧！

此话老兵张嘎显然是等待很久了，似乎连客气一下都怕失去机会，他忙说我不照，要是还有胶卷的话就给她们母子来几个合影。这时我们才羞愧地想起，毡房的墙壁上只挂着几张老兵张嘎的军旅照片，或许她们母子来到这个世界上还没照过相呢，而我们的照片却在一摞子一摞子的影集里挤得直打仗。

可是，旅行包里只有一卷黑白胶卷了。比自私更可耻的是，我们迅速交换了一下眼色就用谎言把自己“美化”起来。言称为了使草原这些珍贵的镜头保存得更长久些，我们次此之行带的全是黑白胶卷，而这一卷是特意给他们留出来的。

老兵张嘎深受感动，一连说了好几句谢谢，随即就让妻子和儿子回毡房打扮去了。

她们选择的背景与我们恰恰相反，是我们司空见惯甚至不屑一顾的汽车。生存在原始状态中的人羡慕现代社会，而生存在现代社会里的人又羡慕原始状态，人真是个说不清道不明的矛盾体。

一卷黑白胶卷很快照完了，小张主动承担了洗印和传递工作。

老兵张嘎热情地邀请我们进屋吃饭。原来不知什么时候，他们已经默默地把羊肉切好、冷水烧沸了。我们往往是说了也不做，人家却是做了也不说，这是不是不同的生活环境产生的又一差别呢？尽管盛情难却，但我们都怕步那位地震队哥们儿的后尘，还是纷纷编出各种各样的借口坚决告辞了。

临别前，老兵张嘎紧紧拉着我们的手，千叮咛万嘱咐以后常来做客。我们也七嘴八舌地说："欢迎你到大庆去玩呀！""到了大庆你不到我们家，我们会不高兴的！"老兵张嘎诚恳地说："你们放心吧，一定一定！"直到那个毡房在我们的眼里又变成了一个淡灰色的小圆点儿，文人A才一拍大腿："咱们忘给老兵张嘎留下姓名和地址了，他要是真去了可怎么找啊！"文人B说："也许不是忘，说不定咱们潜意识里就没想留，害怕人家去呢。"文人A不服："有来无往非君子，咱们还不至于卑鄙到这种程度吧？"文人B说："往往咱们可怕就可怕在这一点上，有时做了卑鄙的事自己根本察觉不出来。"两个人说着说着就争执了起来。这时一直默默开车的小张突然接过话茬："你们不要争了。抛弃潜意识里怕不怕他去不讲。即便有一天老兵张嘎真的到了咱们家，谁又能保证像他招待咱们一样去热情招待他？"

一句话说得两个人顿时哑口无言了。

大自然的报复

“棒打狍子瓢舀鱼，野鸡飞到饭锅里”，这句话与我年龄相仿的中国人在小学课本里都学过，它形象而又逼真地描绘了当时塞北一带原始富饶的美丽景象。

短短几十年过去，语文老师那抑扬顿挫的声音仿佛还在耳畔回荡，可是当我们身临其境的时候，别说狍子和野鸡已凤毛麟角濒临绝迹，就是繁殖能力极强的鱼也不多见了。

同行的诗人壮国平生最大的嗜好就是钓鱼。钓技好坏与本文无关，姑且不论，装备却十分精良。鱼竿清一色是能伸缩的那种，伸出来两丈有余，缩回去不盈二尺。这样的鱼竿或许有千般万般的妙处，但对他来说我认为最大的妙处，就是便于走到哪里带到哪里，好随时随地过一把“钓瘾”。

此次出行壮国也和历次出行一样，每到一处，唯一的要求就是希望东道主能给提供个钓鱼的场所。

我对钓鱼不感兴趣，但喜欢看别人钓鱼。总觉得只看不钓，既免去了钓者苦苦等待的煎熬，又能分享一份他们等待之后的喜悦。多少能品尝一下“坐享其成”“不劳而获”之类的滋味，而作为一个普通百姓这种滋味是很难品尝到的，尽管仅仅是精神享受让人极易联想到阿Q。都市生活数载，多次随友观阵，别的没学会，却对现代“钓场”的林林总总看得一清二楚。地点，都是某个郊区的养鱼池；程序，都是先交钱后甩钩。辛苦一天，往往钓的鱼比在自由市场买的都贵。遇到黑心的场主更惨，他们事先把鱼们喂得沟满壕平，任你使出十八般武艺也只能徒手而归，那些费用也就白白地打了水漂。每每遇到这种情况，我不知道钓者是怎么想的（据说，真正的钓者只注重过程不在乎结果），反正我的心情都很沉重，总有一种被玩弄了的感觉。浩叹：钓场也潜伏着赌场的机关！

满以为到了“瓢舀鱼”的地方，能心情舒畅地跟着壮国美美地欣赏一番在大自然里垂钓的情景了。不料，东道主提供的场所也一律是养鱼池。唯有到了嘉荫，一位做县委宣传部副部长的老同学，才把我们安排到了一个乡。

那个乡的领导很热情，特派主管干部老刘，将我们送到一个天然的大水泡子旁。下车后，老刘发给我们每人一把钓具。说，别光看一个人钓呀，都玩玩，都玩玩。

我仍无意垂钓，就和老刘坐在大坝上遥遥地观风景。

老刘往我身边凑了凑，你不钓也好，他们钓也白钓。

我一愣，怎么，原来这里没有鱼呀？

他说，这话看怎么说了，我小的时候多的是，不说用瓢能舀上来吧，钩下到里面就别想闲着，一水水都是一两斤重的鲤子、胖头和草根。

说到这里，他神情有些忧郁，现在完了，连一二两重的都没有了。

我说，这里也没工厂不存在污染问题，到底是什么原因呢？

他说，主要是不分季节的乱捕乱捞所致，而且使用的都是杀伤力极强甚至是灭绝性的武器。别说这小小的水泡子了，就是黑龙江主航道这边也快打空了。

我说，黑龙江主航道那边鱼多吗？

他点了点头，紧接着给我讲了一个很凄惨的故事。

他说，现在有些国人已贪婪到不顾道德不顾法律不顾性命的程度，黑龙江主航道这边的鱼糟蹋没了，就把目光盯到了那边。前年，有一对渔民兄弟不就是因此而命丧九泉了吗！

我忙问是怎么回事。

他说，这哥俩近年来一直靠越境偷捕为生。每次出航前都预备几箱子中国烈性酒，到那边贿赂边防官兵。那些官兵喝了人家的酒也就睁一只眼闭一只眼了。所以，他们每次都能满载而归，少则卖几万多则卖几十万人民币。普京上台后，部队大换防。这哥俩还蒙在鼓里呢，又按老章程行事。结果，网还没来得及撒就双双成了枪下鬼。

听了这个故事，我如鲠在喉。谴责俄罗斯官兵“惨无人道”吧，人家属于正当防卫；谴责这哥俩“罪有应得”吧，他们又是自己的骨肉同胞！

正踌躇着不知说什么是好，老刘捅了捅我，你瞧，我说他们钓也白钓吧。我抬头一看，只见我那几个可怜的同行者正在沮丧地收拾钓具，收获最丰的手里也就拎着三五条连宠物猫都不屑一顾的小鱼崽儿。

如果说，以往随着徒手而归的钓者，我心里产生的是被场主玩弄的感觉，那么此时我咀嚼的却是被大自然报复了的滋味。前者我只是觉得有些可悲，后者我感到的却是可怕。因为场主只能玩弄你一回两回，而大自然可能要报复你一代乃至几代……

俄罗斯一条街

抵达黑河的次日清晨，负责接待我们的市文联秘书长王瑛就说，黑河可看的地方很多，你们打算先看什么？

我几乎未加思索就抢先回答，先看俄罗斯一条街吧。

虽然我是第一次来黑河，但对那条专门经营俄罗斯商品的大街并不陌生。早在七八年前，我的一位老邻居公出至此，回来后跟我滔滔不绝讲了半个多小时，说该街的商品如何琳琅满目货真价实，并指着写字台上一只女士电子表和一把电动剃须刀让我看。这两件东西真的很不错，小巧玲珑模样端庄不说，更重要的是经久耐用。那只电子表现在是否还戴在他妻子的腕上我没好意思注意，反正那把电须刀仍“老刀未老”，直到今天我每每到他家聊天，他都要炫耀般地随手操起来试试锋芒。而在此期间我却不止用坏了七八把国产货。

我迫不及待地要上俄罗斯一条街，一是想瞧瞧整个一条街都出售异国商品是什么阵容，二是想给妻子和女儿各买一只表给自己买一把剃须刀。

我的话音刚落，其他几位同行者也一致赞同，大概他们也有和我一样的想法吧？

王瑛却犹豫了一下。然后说，去是可以，不过恐怕你们要失望的。

我不知道怎么个失望法，她以“丑媳妇难免见公婆”的心态，咬了咬牙解释道:一则规模不如从前，二则假冒商品特多。

到那里一看，果然如此。

一条几十米宽几百米长的大街，稀稀拉拉地摆着两排露天摊床。商品少卖主少买主更少，除了我们几乎就再没有别的顾客了。小商贩们见来了顾客像久旱的禾苗逢甘露，个个眼睛放射出绿色的光来。这个拉那个拽，纷纷表白自己的商品如何如何真如何如何好。更可气的是，你的脚刚刚在此摊床前站稳，彼摊床后的卖主就会立刻向你挤眉弄眼；而当你走到了彼摊床前时，此摊床的卖主又向你打起了手势。这貌似“亲切”“温暖”的动作，不单把人世间“你抢他夺”“尔虞我诈”的丑形表演得淋漓尽致，也弄得你真假难辨不知到底谁是正经香主。

因心存芥蒂，又不忍徒手而归，我整整围绕着市场观察、比较了一个多小时，才慎之又慎地在一个看着非常憨厚、誓言也喊得非常响亮的小贩手里，买了两只电子表和一把剃须刀。

谁知越表面憨厚越信誓旦旦的人欺骗性越大。两只电子表仅在我的旅行包里躺了三四天，还没来得及让妻子和女儿见上一面，就一前一后现了原形。一只蒙子不翼而飞，一只秒针移情别恋。既然贵为“进口货”，岂能“一抛了之”？于是，到了第二个旅行地我就立刻走进了一家修表店。修表师傅不仅残酷地将它们诊断为“不治之症”，还无情地告诉我均是披着“洋文”外衣的劣等国产货。

满以为剩下的这把电须刀总该出自俄罗斯了吧，不料到家后我的那位老邻居一看头也摇得像拨浪鼓。我不服，就拉着他到楼下一个专卖店去鉴别。

专卖店老板是个年近半百的天津人，他只草草地扫了一眼，就甩给我六个冷冰冰的字：“嘛俄罗斯货呀!”说着，一哈腰从柜台里搬出一纸箱和我这把一模一样的剃须刀，言称就是附近某市一个地下工厂生产的。一问价，竟便宜了一半还多。

我像一只斗败了的公鸡，脚跟着老邻居沮丧地往家走，心却悲哀地想，中国曾以“四大发明”闻名于世，现在有些人干吗要把自己聪明的才智用在“造假售假”上呢？国内举目皆是的“三无”商品姑且不论，他们先是“以假充真”“以次充好”坑害周边国家，尤其是用“锯末子”“带血的鸡毛”等伪装成的中国名牌羽绒服，把俄罗斯人害得叫苦连天。而此时又打起别国商品的牌子，糟蹋起自己的同胞了。

众所周知，自从国门开启后，凡是热衷于边贸城市旅游的人，差不多都是出自两种心愿：一种是目睹一下疆域风情，一种是选购一些异域货物。一旦异域货物都变成了国产假冒，久而久之，这座城市也就失去了一半诱惑力。

黑河俄罗斯一条街的萧条，可能就诠释了这一点。

玛瑙石的启迪

用“绵里藏针”一词形容一种饮料显然不恰当，可逊克啤酒给我的就是这种印象。

最初领教它的厉害，是在抵达逊克的当天晚上。主人盛情满腔麦芽芬芳四溢，我哪样也无法抵制，就没深没浅地喝了起来。大约是喝到八九杯的时候，突然感觉天地开始旋转，耳畔雷声大作。凭着数年“酒场”经验，我不得不悲哀地承认，一向没把啤酒当回事儿的我，此次要栽到那些白色泡沫里了。这时，作为主陪的县委宣传部副部长又把酒瓶伸到了我的面前，我忙用手捂住杯口：“不行，再喝就懵了！”闻之，他哈哈大笑道：“这话还让你说着了，我们的啤酒有个外号就叫‘逊克懵’啊！”说着，他又做广告般地介绍了逊克啤酒因口感好酒劲大，如何深受广大消费者的欢迎，特别是得到了俄罗斯人的青睐。某年某月中央某位首长到莫斯科访问，克里姆林宫就是用逊克啤酒招待的他。

说这些话时我发现这位副部长满脸自豪。其实，最令逊克人骄傲的应该是玛瑙。

记得我第一次接触玛瑙的时候，都快上小学了。有一天，母亲翻箱倒柜地找破布头打袼褙，不慎将一个小红绸包抖落到了炕上。我好奇地打开一看，竟是一个墨绿色的旱烟袋嘴儿。刚想拿到手里玩一会儿，母亲就变声变色地抢了回去。说这是她结婚时姥姥送的礼物，小孩子是不能随便玩的。当时我很纳闷儿，一直用旱烟袋吸烟的母亲，为啥要把它珍藏起来呀？母亲解释说，傻孩子，这是玛瑙啊！叼着它既柔软又凉爽，如此高贵的玩意我怎么舍得用呢！说着，她又小心翼翼地把它包裹了起来，直到去世也没拿出过。因是母亲保存了半生的物件，也因那杆旱烟袋没了继承人，最终，和一副银手镯一起成了她的陪葬品。

记忆里如此珍贵的玛瑙，没想到在逊克随处可见。

据说，有一年一个乡政府放了几天假，上班后平整的大院竟布满了沟沟壑壑。一调查，原来是有人在这里发现了玛瑙，就乘无人之机不管三七二十一地采上了。

连政府机关都建立在玛瑙石之上，那些山山岭岭就不言而喻了。

逊克盛产玛瑙，玛瑙制品也自然成了逊克的一朵奇葩。什么玛瑙销售店、玛瑙精品屋，几乎遍布了逊克的大街小巷。

许是受母亲“既柔软又凉爽”之说的诱惑，面对那些琳琅满目千姿百态的玛瑙饰品我一概视而不见，一心一意想挑选几支漂亮的烟嘴。

一连走了几个商店，我蓦然发现一个奇怪的现象。凡是带有瑕疵的价格都比较昂贵，而晶莹剔透的反倒便宜了许多。问其原因，店主们异口同声地回答，有瑕疵的是天然玛瑙磨制的真品，无瑕疵的是用玛瑙粉加工的赝品。天然的和后天的价值不同，价格当然也就不同了。我说，真品里就没有一个不带瑕疵的？他们一致摇头。

无奈，我只好用大价钱买了几个带瑕疵的。回来后，一个留着自己享用，其他送给了吸烟的朋友。

玛瑙烟嘴果然不凡，除了用时真的给人一种柔软凉爽的感觉外，因色泽纯正柔和、表面光滑圆润，平时还可供观赏把玩。一次，我边构思一篇作品，边把它放在手里摆弄，不小心一下子掉到了水泥地上。我心一抖低头一看，那个好端端的烟嘴已经粉身碎骨了。

不久，从电话里得知，其他几个也同样未逃出厄运。

没了心爱之物自然是一件痛心之事，但从它们由得到失的过程，我也悟出了一些真理。一是：如同金无赤金、太阳也有黑子一样，世界上没有天然无瑕的东西；二是：越宝贵的东西越容易失去，必须精心呵护。

葡萄岛的山珍

感谢那些水的屏障，使葡萄岛成了北中国唯一的“世外桃源”。

葡萄岛是黑龙江的江心岛，因岛上曲曲弯弯地爬满了山葡萄藤而得名。

刚到嘉荫，我的大学同学、县委宣传部副部长何伟就神秘地说，你们这些作家不就是想看看山水找找灵感吗，明天我带你们去一个好去处。

我问是什么好去处，他故意卖了一个关子，说到那里你就知道了。

次日清晨阴雨绵绵，何伟从宾馆里借了几把伞，我们就上路了。两辆小轿车一前一后在崎岖坎坷的盘山道上颠簸了近三个小时，才停在了一个叫“常胜乡”的机关大院门口。

常胜乡，前面是郁郁葱葱的兴安岭，后面是浩浩渺渺的黑龙江。空气纯粹得晶莹剔透不含一丝一毫的杂质，风光秀丽得描在宣纸上就是一幅传世佳作。

我以为这里就是那个“好去处”了呢！何伟却摇着头说，这算什么呀，更好的景致还在后头呢！

吃完午饭，阳光射穿了云层，大地一片灿烂。我们随着几位乡领导，凳上了两艘小渔船。我乘坐的那艘小渔船的船主，是个不到三十岁的年轻人，风趣幽默开朗健谈。当他得知我人已坐在船上还尚不知去向的时候，就哈哈大笑道：闹了半天你还蒙在鼓里呢，我要是个“蛇头”就把你送到俄罗斯卖苦力了，咱们不是上葡萄岛吗！继而，他又兴致勃勃地介绍了葡萄岛名字的来历，以及因四周都是水交通极不便至今仍人迹罕至等情况。

说话间两艘小渔船已相继停在了岛下。这时，坐在另一艘小渔船上的何伟跑了过来，拍着我的肩膀说，老同学，我之所以事先没有告诉你，就是想给你一个惊喜呀！

上岛一看，果然令人惊喜。

该岛不大，总面积也就两三平方公里，但古树参天，花草繁茂，成群结队的彩蝶翩翩起舞，大大小小的蜻蜓嗡嗡嘤嘤，如织如梭的松鼠上蹿下跳，铺天盖地的鸟雀啁啁啾啾……在此之前，我曾几次游览过所谓的原始森林、原始湿地、原始草原，跟它一比真是小巫见大巫了，甚至称不上“原始”两个字。

别的乡领导带着两个船主到水里捕鱼，为晚上的篝火野餐做准备工作。常务副书记老张自告奋勇地做了我们的向导。他边在前面深一脚浅一脚地披荆斩棘，边指着头上一串串绿珍珠般的山葡萄遗憾地说，你们要是再晚来个十天半月的，就可以好好地品尝一番了，那才叫真正的绿色食品呢！说着，他一哈腰从一株矮小的植物上摘下几颗粉红色的果实。朝我们笑道，好在五味子已经熟了，你们可以采一些带回去，炒菜做调料味道格外鲜美，泡在酒里还能祛病强身延年益寿。在已逝的岁月中，我没少用五味子、枸杞子之类的东西泡酒，结果身体没见到有什么长进，却把酒污染得五味俱全就是没有酒味了。于是，听了老张的话我只是淡淡地一笑。老张似乎看出了我的心理活动，又接着说，你们在城里见到的那些都是人工种植的，说不定都喷了农药施了化肥什么的，这可是纯粹的山货啊！不信，你带回点试试！说完，他随手扔给了我一个空塑料袋。

出于礼节，我接过来胡乱地摘了半下子。

当我们气喘吁吁地从葡萄岛走出来，夜幕已降临，到了篝火晚餐时间。火，是葡萄岛上的枯木燃烧起来的；餐，以黑龙江活蹦乱跳的鱼为主。我敢说，那是我有生以来吃的最好的一道菜，没有油水没有酱醋的活水炖活鱼，我也曾不止一次地吃过，却从没吃出那种感觉。鲜鲜的滋味，美美的口感，简直就不像是人间的食品。我一会儿到篝火旁跳个舞照个相，一会儿转回来吃条鱼喝碗汤。不知不觉肚子已隐隐发胀，可喉咙里还有千万只馋虫在蠕动。老张见我这副贪婪的样子，就趴在我耳边说，你知道今天的鱼为什么这么好吃吗？我摇了摇头。他说，主要是因为我放了一大把五味子啊！

这五味子竟有如此神力，是出乎我预料之外的。

我大梦初醒般将那半塑料袋准备遗弃的五味子，小心翼翼地放进了旅行包里，并一路百倍呵护着带回了家。

到家后，我一半倒进酒瓶里，一半留着做调料。一晃，几个月过去，酒瓶里的酒已三次吐故纳新，但颜色仍是那么粉红，味道仍是那么清香。作为调料的那一半，只有来了高贵的客人，妻子才舍得放一点点。

有一次，一位久别重逢在外地某宾馆做厨师的朋友到我家做客。酒刚抿一小口，菜刚吃一小点，他就惊呼道，爽！真爽！你们是在哪儿买的这么纯的五味子？

我把事情的经过和他说了一遍。

他深有感触地说，只有人类不肆意践踏大自然，大自然才会给人类珍贵的馈赠啊！

听了他的话，我莫名其妙地产生了一种担心。担心那些水的屏障不会持续得太久，担心我们留下的足迹会吸引来更多的游客。到那一天，这“世外桃源”将不再是“世外桃源”，葡萄岛也将失去这美丽的山珍了。

杜尔伯特的树

导游小杨指着“五马沙坨”上一株株状如盆景的小树告诉我们，它们其中最年轻的也在七八十岁以上了。

实际，不止是著名景点“五马沙坨”，踏入杜尔伯特腹地，所有贫瘠的沙丘几乎都生长着这样的树。那娇小的身材，那万千的姿态，不知令多少游人啧啧称奇。可以毫不夸张地讲，已经成为北中国一道别致的风景了。

文化人出身的县旅游局长颇动感情地说，它们和别的树没有什么两样，本来也该郁郁葱葱顶天立地的，只因生存环境太恶劣，才迫使它们成了树中的侏儒。说着，他大手一挥，你们瞧——凡是这些树生长的地方，都是降水最少、蒸发最快、阳光最烈、风暴最大的地方……听着局长的介绍，我有生以来第一次被一种植物深深感动了。

几十年乃至几百年前，命运无情地把它们抛弃到了这里。从诞生的那一刻起，它们就遭受了令人无法想象的苦难。细嫩脆弱的根须得不到土壤的抚慰，嗷嗷待哺的枝叶也很少享受雨露的滋润，一年到头，老天好不容易恩赐几场甘霖，还没等笑出声来，就被后娘般狠毒的烈日夺了过去。这还不算，杜尔伯特是黑龙江省沙尘暴的发源地，它们的居所又是沙尘暴的“虎穴”“狼窝”。

沙尘暴兴妖作怪之时，为了自己，也为了远方比自己弱小和强大的生命，它们必须挺身而出站成卫士，任风鞭打，任沙蹂躏，爬起来，倒下；倒下，再爬起来……

就这样，它们不但终于以树的形象屹立在这片不毛之地上了，靠着顽强的意志以每年几分米甚至几毫米的速度艰难地朝着蓝天朝着绿色挺进，而且历经生生死死千锤百炼，也使自己变得楚楚动人千姿百态起来。

望着他们如诗如画的倩影，我首先想起了成吉思汗和他那个风餐露宿逐草而迁的民族。其次，也想起了西部大漠的另一种树。这种树滴雨不沾可以成活千年，死了可以站立千年，倒了可以千年不腐。据说，它们的身材也十分娇小。

这就让我明白了一个道理：世界上伟大的东西，不一定都有伟岸的外表。

观 鸟 塔

一般城市都有一座或几座高大的建筑，以便供游人鸟瞰、俯视。然而，令人遗憾的是，所“瞰”所“视”的，往往又都如出一辙：白天均是车水马龙，夜晚均是簇簇灯火。而登上龙凤湿地的瞭望塔，感觉却截然不同。撩开你眼帘的是，粼粼波光、萋萋水草；撞响你耳鼓的是，千翅竞舞、百喙争鸣。仙境什么样？我无缘一览。那一刻，我却突然想起了古人的一句话：“人在图画中”。

当下，人类生存的这片土地尚有多少如此景致，我不得而知。就城市而言，我敢说即便不是绝无仅有，也罕之又罕了。

据史料记载，龙凤湿地是嫩江和双阳河冲积而成。如今，这一江一河距离已遥远得恍如隔世。仅此一点就可断定，它至少也有几百年历史了。几百年光阴要经历多少生生死死兴兴衰衰，尤其是在很多湿地都陆续惨遭厄运的大背景下，它仍完美如初风采依然，不能说不是一个奇迹。

这奇迹，自然源于政府的英明决策，但与管理人员高度的敬业精神也是密不可分的。

跨进管理处的展厅，井然有序地悬挂着几百幅彩色照片。照片中有生活在这里的 76 种、15 万只水鸟代表的优美身姿，也有数年来乱捕乱杀者被抓获时留下的丑陋镜头。可谓：美的美不胜收，丑的丑不堪言。这美与丑的同时亮相，既能唤醒人们生命深处的一种东西，也告诉我们世界上所有的美都是来之不易的。据介绍，为了捍卫这方圆5050公顷的鸟语花香清波绿草，管理人员真是绞尽了脑汁历尽了艰辛，泥里来水里去、起早贪黑风餐露宿是常有的事。捞个鱼、拾个卵之类小打小闹的不算，光够得上刑事案件的就抓获了七八起。好在这些都已经成了过去。现在，不但违法乱纪者基本销声匿迹了，爱鸟护鸟也成了周边居民的自觉行动。

人与人之间常说这样一句话，叫作：你敬我一尺，我敬你一丈。如果把这句话套在人和鸟的关系上，就是，只要你真心爱鸟，鸟就会把你视为亲人。此类动人的故事到底有多少，我没做过深入的采访。仅将所见所闻，略举两例。

第一个例子是听说的。

身居印度的蓑羽鹤，不知从哪里知道了龙凤湿地人善良风景好、安全系数高，一商量，就不顾世界第一高山的重重阻挡，风尘仆仆五千余公里，成群结队地避暑来了；全国不足三千只的东方白鹤，以往北上的途中都是一掠而过，今春也破天荒地停了下来，一住就是半个月；被誉为鸟类马拉松健将的鸥鸟，每年从南极到北极要飞行几万里，一路上不知要设多少驿站，想必每设一处也都是慎之又慎，去年它们经过反复权衡，竟把其中的一处从吉林某地浩浩荡荡地迁了过来；更令人惊奇的是，野鸭本属于春来秋去的候鸟，如今却有几十只打破了老祖宗立下的规矩，成了龙凤湿地的永久性公民。

第二个例子是经历的。

当我们一行十几个文人乘坐的面包车，刚刚停在保护区的办公楼门前，一帮白枕鹤和丹顶鹤就热情地迎了上来。时而抖动着翅膀以示欢迎，时而伸长脖颈高歌迎宾曲。其中有几只仍觉得没表达出心意，又东一头西一头地亲吻起我们来。我是这一行人中最幸运的一个，第一个享受到了它们火辣辣的热吻。尽管低级动物吻起来掌握不好分寸，有点儿不管不顾没深没浅，洁净的裤子上留下了一个个污痕，肌肉也感觉有些隐隐作痛，但是我的心却非常激动。这在人号称是“万物之灵、主宰一切”的时代，是一件何等奢侈的事情呀！

恋恋不舍地告别湿地、告别小鸟、告别瞭望塔，区委王副书记无意中提到，这座塔还没正式命名呢。我未加思索就险些冒昧地脱口而出，就叫观鸟塔吧！这名字虽然俗气一些也略显直白，但敢保证一点的是，决不会重名。因为在中国乃至整个世界的城市里，恐怕也很难再找出能够专门供人观鸟、观这么庞大鸟群的第二座塔了。

滑　雪

生在北方长在北方，一年起码有四分之一的时间与雪打交道。印象里雪总是柔柔的弱弱的，哪怕是“大如席”时也妩媚如盛开的桃花。

直到近日应邀到寿山滑了一次雪，才对雪有了进一步的认识。

寿山滑雪场规模不大，没有料峭的陡坡和曲折的滑道，从始点到终点的距离也不长，给人一种小巧玲珑的感觉，实在是初学者的好去处。

在工作人员的精心指导下，我兴高采烈地换上滑雪鞋套上滑雪板，就不知天高地厚地上场了。满以为凭着自己和雪几十年的老感情，就是不如鱼得水如虎添翼，也不至于太狼狈太掉价，没成想竟像刘姥姥进大观园般出尽了洋相。

若想从那个坡上滑下来，首先必须借助一根钢丝绳的力量攀上去。钢丝绳是电动的，隔几米有个把手。我瞄准一个缓缓而至的把手就迫不及待地扑了上去。手是牢牢地抓住了，脚却成了脱缰的野马怎么也控制不住。假肢样的滑雪鞋牵着颀长的滑雪板，在雪地里东一头西一头，跌跌撞撞了数个回合后，终于令我的身体失去了重心，双膝软绵绵地瘫了下去。当闻讯跑来的教练员把我扶起时，我已像寓言里那个被蛇咬的可怜人，对凌空蠕动的钢丝绳充满了恐惧感。最后，是她搂着我的后腰扶我上去的。

到了坡上双脚费了九牛二虎之力才勉强站稳，刚刚摆出滑行的姿势就不幸闹了个四仰八叉，而且屡站屡倒越摔越惨。正在一筹莫展之时，还是那位年轻的女教练热情地赶了过来。她仔细地观察了我半晌后，告诉我脊梁要弯曲一些，两条腿要竭力前倾，必须偎依在滑雪鞋的筒壁上。我按照她的话如法炮制，果然很灵验。此后，我一鼓作气上上下下地滑行了六七趟，竟没摔过一个跟头。

望着雪地里自己“卑躬屈膝”但“行动自如”的身影，我突然觉得人在大自然面前是不能“趾高气扬”的，一定要“俯首称臣”，否则，就要遭到无情的惩罚，即便在貌似柔弱的雪面前亦不例外。

尽管我的这种联想有些牵强，可人类历史上因“战天斗地”不尊重客观规律而跌的跟头还少吗？

有灵性的旗

去年初秋，我随省文学院组织的驻地作家旅游团到丹东一带旅游。旅游的第一个项目就是登凤凰山。尽管事先导游就郑重声明，此山虽不高却非常险，我也清楚自己患有严重的“恐高症”，有时站在五楼阳台上往下看，都禁不住心哆嗦腿颤抖。可是又一想，凤凰山在我国众多的山峰中根本名不见经传，即使再险峻还能险峻到哪里去？就不顾深知内情的几个同行的劝阻，逞能般随着队伍上山了。

一开始还好，坡度较缓，路也较宽，几个人可以肩并肩，边欣赏山上的风景，边有说有笑的前行。不料，随着海拔的不断升高，路越来越狭窄，也越来越陡峭，有的地方竟宽不盈尺，下边就是悬崖峭壁，就像从天空竖下的一个悬梯。患恐高症的人都知道，心里越恐惧越抑制不住左顾右盼的欲望。结果，越这样越恐惧，就形成恶性循环了。我几乎爬一个阶梯，就禁不住往下看一眼。每看一眼，眼前就倏地开出一朵金花，脑袋就轰地炸响一声惊雷，身上就哗地冒出一层冷汗……简直每走一步，都如同过一道鬼门关。

好不容易熬到了一个休息的地方，我求救般地跟导游说，你快安排我下山吧，我实在不能再往上爬了。

导游是个二十岁刚出头的女孩，名字叫小雪。小雪不仅肌肤洁白如雪，举止也文雅得像静静飘落的雪花。她听了我的话后很妩媚地笑了，现在摆在你面前的只有一条路，就是上。要想下去只能从来路下，一来，这条路是单行路，如遇到上山的游客有的地方根本无法交错而行；二来，这条路下比上更危险更令人恐惧。

我用哀求的声音说，无论如何你也得给我想想办法。

她又妩媚地笑了一下，下山的办法我没有，上山的办法倒是有一个。在我的游客中，不管年龄多大，多么恐高，只要按我的办法做没有一个半途而废的。

我像绝望中终于抓到了一根稻草般，忙问她是什么办法？

她摇了摇手中的小旗，等一会你跟在我后面只要眼睛死死盯住它，什么也不想哪儿也不看，保证顺利地登上山顶。

我像泄了气的皮球一样，又瘫到了地上，你这办法对我不会有用的。

她说，我这个旗不是普通的旗，是特意在寺院开过光的，非常有灵性，它能给游客带来无穷无尽的勇气和力量。

我说，我是个彻头彻尾的唯物主义者。

她很神秘地朝我眨了眨眼睛，悄声说，这与“唯心”“唯物”什么的没关系，世界上有些事是很难解释通的。爬山和过河一样，该忌讳的就得忌讳，该信奉的就得信奉。

我从小就在河边长大，自然知道乘船有很多讲究。比如坐在船上就不能说翻啦、沉啦之类的话，如果不小心说了，不但会遭到同行者的唾骂，弄不好还会被船老大赶下船去。莫非爬山也如此吗？再加上既然没有回头路了，也只有按导游的说法去做了。

说来也怪，小憩后我紧紧跟在导游的后面，紧紧盯住那面小旗。竟脸不变色心不跳地顺利到达了峰顶。

下山时，我很激动地对小雪说，非常感谢你，你的小旗真的很有灵性啊!

没想到小雪竟咯咯地笑了起来，我刚才说的那些话都是骗你的，其实，它就是一块普通的布，哪有什么灵性呀！你之所以顺利地爬上了山顶，是因为你紧紧盯住了它，也就紧紧盯住了前方，没像原来那样左顾右盼胡思乱想的结果呀!

被一个女孩子嘲弄了一下，自然是一件很难堪的事，可从中我也悟出了一条道理，一个人无论做什么事，只要目不转睛一心一意地注视前方，紧紧盯住你心目中那面随风摇摆的旗帜，就一定能够到达所奋斗的目标。

第四辑　感受越南

导游阿花

她身着一套洁白的国服，手捧一束缤纷的鲜花，沿着著名的中越友谊大桥款款向我们走来。然后，满脸笑容地自我介绍道：我是导游阿花，从现在起将伴随你们度过四天愉快的时光。

有导游阿花伴随，我们四天的越南之旅果然很愉快。

毕业于河内师范大学中文系的阿花，不仅说着一口流利得令很多中国人都汗颜的中国话，而且博学多识风趣幽默。豪华的大巴旅游车刚刚起步，她就操起话筒向我们滔滔不绝地讲起了越南沦为殖民地的历史、越南革新开放后的现状、越南别致的风土人情、越南美丽的山山水水，乃至什么省什么市盛产什么、人均收入多少都介绍得详详细细。该“庄”时，她能让你满脸肃穆；该“谐”时，她能让你捧腹大笑。民族与民族之间、国家与国家之间的距离就在这亦庄亦谐的氛围中急剧地缩短了，脚下这片陌生的土地也倏地变得不再陌生。何况她还时不时地穿插一些小节目，比如：自己或鼓动游客说几段中国笑话、唱几首中国歌曲等，使我们越发没有了“身在异域为异客”的感觉。

随着旅游车距离第一个宿营地海防市越来越近，阿花说，你们已经踏入越南国土几个小时了，想不想学习几句简单的越南话呀？我们齐声回答：想！她见一车游客几乎都是男士，就狡黠地笑笑道:越南话把“小姐”，叫“过来”，把“您好”叫“洗澡”，把“跟我走”叫“一条腿”。如果在座的哪位先生到了海防市后想约越南的女孩散散步，就可以这样对她说，过来洗澡一条腿。她的话音刚落，便爆发了满车厢的笑声。笑声未止，她又接着说，“再见”越南话的发音是“大便”，而真正的“大便”却叫“唱歌”。这音与意的张冠李戴南辕北辙，又令我们忍俊不禁了许久。我一向视外语为猛虎，经她这么一教，这几句越南话不仅很快就学会了，而且身与心都得到了愉悦。看来阿花真不愧为是师范院校的毕业生，颇懂传授之道。

坦率地说，国人对导游的印象一般都不怎么好。有些导游一方面油嘴滑舌逗游客开心，一方面绞尽脑汁捞游客油水。他们最惯用的伎俩是，花言巧语将游客骗到某个饭店某个旅店某个商店，然后和店主一起暗抬市价从中提取不义之财。传说，著名风景区个别导游导完一个团体可捞外快七八千元。真耶？假耶？我没做过调查不敢轻易定论，反正阿花绝不是这样的人。

吃住都含在旅游费里自不必说。就购物而言，每到一座城市，她都事先交代一下这个地区的主要商品，什么牌子为名牌，什么价格为公道。然后，就任游客随便到哪家商店去选购，或许是怕引起嫌疑，她总是遥遥地站在远处或坐在车里观风景。

阿花这样做，并不意味着对游客不关心。在首都河内购物时，我们团的两位大姐因故没赶上旅游车。这两位大姐乘坐的是另一辆旅游车，该归另一位导游负责。按理说，阿花管也可不管也可。可吃饭时她听到此事后，竟急得像热锅上的蚂蚁。待她调动很多通信手段，终于查到了两位大姐的下落，又不顾辘辘的饥肠亲自打出租车去把她们接到了餐厅。

当又瘦又小的阿花领着两位又高又大的中国北方女人走下出租车时，在场的游客无不为之感动。望着她的背影，我蓦然想起了鲁迅先生在《一件小事》里的那句感慨。

愉快的时光总是显得非常短暂。分别之即，我们衷心祝愿阿花幸福，阿花却落落大方地说，你们要是能帮我找个中国老公就更幸福了！尽管这是她送给我们的最后一个幽默，但也从中看出她对中国是情深意重的。

别样建筑

越南乡村的住宅非常有意思，几乎都是三四米宽、二十五六米长、十几米高的三层或四层楼房。生活在这样的格局里是否舒服、方便，作为一个旁观者我不清楚。但因结构奇特又有效地利用了空间，起码赢得了我们那一车游人的连声称赞。

其实，我更赏识的还是他们的阴宅。

越南的坟墓，也可以称为一种建筑。

刚踏上越南国土之时，导游小姐就骄傲地说："我们的坟墓特别漂亮。"

起先，我觉得用"漂亮"这个只配形容少女的美丽词汇来形容坟墓，不是导游小姐汉语不精用词不当，就是出于偏颇言过其实。直到深入越南腹地，亲眼见到那一座座坟墓，才真切体会到她的话一点也不过分。

越南的坟墓都是临路而立，且与村屯相偎相依，有的就建在住户的房前屋后，小鸡小鸭和不谙世事的小孩可以在那里嬉戏打盹儿。据导游小姐解释，这样做的目的是怕死者的灵魂寂寞。我看，也不尽然。那一座座坟墓说穿了，就是一件件可供人欣赏的艺术品，倘若隐藏于僻静处岂不埋没了创造者的才华！

越南的坟墓确实美。首先，美在小巧玲珑上。如果说埃及的金字塔是世界上最大的坟墓的话，那么越南的坟墓可能就是世界上最小的了。小到什么程度？以我的目光测量，即使是最奢侈、最阔气的占地面积也不会超过两平方米。像大地上一枚枚彩色的胸针，像山水间一只只精美的发卡，让人很难想象那里安睡的是一个个五尺长的人。其次，美在造型别致上。因我在车里它们在路下，我不知道那些坟墓都是用什么材料制作的。楼台亭阁轩榭廊庑几乎应有尽有，如一片片微型的雕塑群，如一座座浓缩的大都市，千姿百态五颜六色，任谁也不敢相信那就是一处处亡灵的寓所。

因其小巧玲珑造型别致，在节约了很多土地资源的同时，也给人一种安详和谐宁静肃穆的感觉。过去我总听别人讲墓园文化，这可能就是墓园和文化的有机结合吧！

回想中国那些散落在乡间的坟墓，不单丝毫没有“文化”可言，简直就是阴森恐怖的象征。它们大多是按照风水先生的旨意，而毫无章法地雄踞于山清水秀之地。霸占了活者大量的生存空间、践踏了人世大量的美丽风光不说，由于远离生命缺乏关爱，无时无刻不散发着死亡的气息。那一座座突兀的土堆和土堆上下丛生的杂草，透出的只有阴冷、颓败、落寞和凄凉。常年无人问津的孤坟野冢姑且不提，就是有子有孙的坟墓，一年到头除了忌日与年节有人到那里点几炷香、烧几张纸、磕几个头外，其余时间也都是将它们“束之高阁”起来。久而久之，不仅成了狼啊狐啊的生活乐园，也成了鬼怪传说的发源地。

记得我老家前院有个刘姓男孩，稍不如意就哭闹不止。打骂哄劝均无济于事，可只要有人喊一声：“再哭，就把你扔到乱葬岗子里去!”他就立刻藏到妈妈的怀里，连大气都不敢喘了。

实际，中国乡村的孩子又有几个不怕“乱葬岗子”的呢？我小时候，每当父亲要领着我去祭祖，我都是能躲则躲，实在躲不过也夹在大人中间扯着大人衣角，就是这样有时也被吓得魂飞魄散，要连续做几夜的噩梦。所以，当政府提出火葬、水葬、深葬等一系列殡葬的新措施时，我是举双手赞成的。它既还了大好河山的本来面目，也把人们尤其是把儿童从恐惧中解放了出来，可谓“一举两得”的好事。

随着社会的进步，或许有一天越南的坟墓也会像中国一样，逐渐在大地上消失。但作为一种艺术，我相信它会永远载入越南乃至世界的建筑史。

永远领袖

在胡志明纪念堂前，越南导游小姐带着无比歉意的口吻说："真是对不起，每年的十至十一月两个月，我们敬爱的胡伯伯都要保养一下身体，所以今天他老人家不能接见你们了！"

我发现她说这些话的时候，不但毫不做作地用"身体"取代了"遗体"这个令世人忌讳的字眼，发自内心地把"主席"换成了"伯伯"这个亲切了许多的称呼，而且神情庄严肃穆，眼里闪着晶莹的泪花。

屈指算来胡志明已逝世三十余年，年仅二十几岁的导游小姐竟对他有如此深厚的感情，真是一件不可思议的事。

实际上只要你在越南待个三天两日，就会发现不仅仅是这位导游小姐，上至高级首脑小到普通百姓，几乎人人对这位已故领袖怀着一种深深的爱戴之情。

越南的首都警卫部队很少，中央办公楼、人民大会堂、外国使馆区，乃至专门召开政府会议和接见来宾的原印支总督府，均未看见有固定或流动的岗哨，唯有胡志明纪念堂门口肃立着两位威武的士兵。

在河内能够寄托对胡志明的无限哀思和缅怀他伟大一生的地方，除了纪念堂外还有他的故居。那座普通的高脚楼，那张普通的木板床，那张普通的办公桌，那把普通的靠背椅，既定格了胡志明在世时的朴素高雅，又保持了三十年前的一尘不染，任你怎么看也产生不出一丝“人去楼空”“人走茶凉”的凄凉感。这时，你不能不由衷地钦佩起越南人“爱屋及乌”的情怀来。

在络绎不绝的参观者中也大多是来自四面八方的越南人。据说，越南人只要到首都办事没有不到胡志明纪念堂和他的故居看看的，有的甚至隔个三年五载还要专程来一次。其虔诚的程度，和中国人祭祖没什么区别。

出于一个写作者的职业习惯，在巍巍耸立的高脚楼旁郁郁葱葱的芒果树下，我和一位自称为越南某大学中文系的学生攀谈了许久。看样子他最多不超过二十岁，提起胡志明的一生竟也滔滔不绝如数家珍。从他如何把“阮必成”“阮爱国”的名字改为胡志明，从他如何由教员、海员和杂役成长为无产阶级革命家，从他如何率领越南人民抗法救国、抗美救国，讲得眉飞色舞。说完，他话锋一转：“其实我们最尊敬胡伯伯的是，越南民主共和国成立以后，他为了不脱离人民群众和实现越南统一的伟大理想，不但蓄须明志终生未娶，还从豪华的主席府搬进了这小小的高脚楼，过着和普通老百姓一样的日子。”

这位越南小兄弟也许真正道出了越南人民之所以将胡志明视为“永远领袖”“民族伯伯”的真谛。

是啊，中国早就有一句老话，叫作“江山易得民心难赢”。不说那些帝王将相夺取政权之后，怎样作威作福荒淫无度而遭到人民的深恶痛绝，就是那些打着“替天行道”“为民请命”招牌的所谓民族英雄，又有多少因为金銮殿尚未坐稳就忙着三宫六妾花天酒地起来而走到了人民的反面。他们也想青史留名，青史却不肯留下他们的名字，充其量有的被作为一个历史事件记载在教科书里供后人翻翻而已，如中国的洪秀全、李自成之流。

胡志明的一生没有想到自己，越南人民却世世代代记住了他；胡志明的一生没有子女，他的后代却遍布了越南32.9万平方公里。

对胡志明来讲，停止的只是呼吸，死去的只是肉体，不朽的是那高尚的道德风范和公而忘私的人格力量。

摩托王国

因为摩托是越南主要的交通工具，所以有人说越南是摩托的王国。

最初领略“摩托王国”的风采，是在出境不久的一个边疆小镇上。旅游车需要补充能源，开进了一家路边加油站。那是一个类似中国设在村屯的小加油点，规模不大，设备也极其简陋。我抬头一看，排在旅游车前面的都是各种各样的摩托，一五一十地大致数了数竟有八九十辆之多。两个举着老式“加油枪”的工作人员，东一头西一头忙得大汗淋漓。只短短的十几分钟光景，待旅游车加完油，后面的路也被摩托塞得水泄不通了。司机又是按喇叭又是轰油门，费了九牛二虎之力才一步步艰难地退出摩托的包围圈儿。

如果说这家小加油点那一刻像在举办摩托大展的话，那么越南的大街小巷就是天天在进行着摩托大赛。尤其是首都河内，用“浩浩荡荡”“铺天盖地”之类的成语来形容其阵容绝不过分。

我在河内逗留了近二十四个小时，乘车和步行了好几条街道，没看见一座交通岗一个交通警，也没发现一条斑马线一块禁行牌。无论是繁华的广场，还是僻静的胡同，都是摩托自由驰骋的天地。驾驶摩托者，有男有女，有老有弱，甚至连黄头发蓝眼睛的西方人也“入乡随俗”地骑着摩托。他们有的载着一家老小，有的载着大筐小篓，甚至连超宽超高的家具也用摩托驮。

抵达河内的当天晚上，我们准备到宾馆对面的一家商店买点东西。或许是正赶上下班的高峰期，只见满街筒子都是奔驰的摩托，几乎是一辆挨一辆。别说是行人，就是一根针也很难插进去。虽然我们等了半个多小时也没能如愿，未免有些沮丧，但是望着夕阳下那钢铁的洪流，也无不感叹只有在越南才能看见这道独特的风景。

据导游小姐介绍，越南平均每四个人就拥有一辆摩托，一般的家庭都有一到两辆。越南本不生产摩托，据说这些进口的摩托价格也不菲，一辆需要两万至四万元人民币。那么，越南人为什么要以摩托做主要的交通工具呢？是他们天生对摩托情有独钟吗？

我看也未必。

追溯起来可能就是因为越南汽车太少的缘故。众所周知，河内是越南政治、文化、经济的中心，可汽车和摩托比较起来也是凤毛麟角的。不要说公交汽车难得一见，就是中国举目皆是的出租车也寥如星辰。在河内购物时，我们团的两位大姐因故漏乘了旅游车而提前返回了宾馆。到餐厅后我自告奋勇要打辆出租车将她们接来，导游小姐却摇摇头说，你找不到出租车。我顿时惊得目瞪口呆，连首都打辆出租都如此艰难，何况别的地方。由此可推断出，越南人没有摩托简直是寸步难行。

汽车少，摩托多，也不能简单的用“贫穷落后”之类的字眼来解释。俗话说，一方水土养一方人。实际，一方道路也养一方车。越南的道路被誉为“三大苗条”之一，大多是中国改革开放前的八米路面，有的地段会车超车都非常困难。这样的路面，也只适应摩托自由来往天马行空。倘若把越南现在的摩托都换成汽车，我们看到的也许就不是风景而是“热闹”了。

越南要想从“摩托王国”过渡到“汽车王国”，在大力发展经济的同时，恐怕还要为汽车的生存创造出必要的条件，即：把路从“三大苗条”中尽快解放出来。

另类乞丐

出境前，广西北海旅游公司的导游很负责任地向我们交代了几条越南之行的注意事项。其中有一条就是，见到乞丐不要随便施舍，原因是越南的乞丐都是成帮结伙的，你施舍了一人就会从隐蔽处呼啦啦跑过来一群，或是让你四面楚歌或是向你苦苦哀求。总之，你不大大破费一番是很难脱身的。他还列举了几个活生生的例子，听着令人毛骨悚然。

故此，到了越南后，无论诗人作家还是公仆老板，我们都一概装出一副“铁石心肠”，面对一只只肮脏的手一张张痛苦的脸，不是绕路而行就是视而不见。但是，善良的人隐藏善良往往比凶恶的人隐藏凶恶还难。抵达河内的那天下午在商业街购物，做了数年中国共产党基层书记，发誓要为解放全人类奋斗终生的诗人山，还是抑制不住把在党旗下举过的右手伸进了上衣口袋。

那是一个又黑又瘦、衣衫褴褛、腿有残疾的男孩。他以坚韧不拔的毅力一瘸一拐地跟随了我们近百米，嘴里还用生硬的中国话不断地倾诉：“我没有爸爸妈妈了，我没有爸爸妈妈了……”

山问我：“怎么办？看着怪可怜的，恰好我兜里还有点散碎银两就给他吧！”

我想了想说：“行！我用身体给你打掩护用眼睛给你放哨，

看见有别的乞丐围过来，咱们就立马走人。”

就这样，我们像搞特务活动般战战兢兢地完成了一次义举。自以为做得滴水不漏天衣无缝，谁知道还是露出了马脚惹了麻烦。

那个小孩刚走，一个挎着黄色背包、黝黑精瘦的男青年就跟了过来。他叽里咕噜比比画画了好半天，我们才弄明白，原来他是想向山推销红木筷子。红木是越南的特产，山也正打算买回几把送给亲友。可是，一问价钱竟比近在咫尺的商店贵了不少，而且还真假难辨。据说越南人造起假来也不比中国人笨，能把普通的木头涂抹得比珍贵的红木还具魅力。

我示意山不要上当。

山也连连向他摇手。

不料这位青年比那个小孩还坚韧不拔，凭着身无赘肉又好腿好脚的优势，我们走到哪里他就跟到哪里。嘴里一个劲地叽里咕噜，手一个劲地比比画画，搅得我们心情十分沮丧不说，不明真相的人还以为我们欠他什么呢！大约跟了半个多小时，他却首先不耐烦了。将一把筷子往一台摩托车的后座上一摔，用非常蹩脚的中国话对山喊道：“你买也得买不买也得买，因为你耽误了我的宝贵时间!”听那语气瞧那眼神，假如这桩买卖不成，山就休想走出越南民主共和国。

即使是在你的国家里，也不能无法无天欺人太甚啊！我压了许久的火终于“腾”地蹿了上来，指着他的鼻子喝道：“你到底想干什么?”山不愧为是党里的人，关键时刻首先想的是国际影响问题。他一边安慰我以大局为重，一边不情愿地买了几把。

那个男青年趾高气扬地走了，我却余气未消。回到宾馆，就把这件事跟越南导游讲了。越南导游沉吟一会儿说，我们的商人一般还是很讲职业道德的，你们可能是遇上了“另类乞丐”。我不懂。她解释道，这些人平时装成商贩的模样混迹在人群里，见有人向真正的乞丐施舍财物了就追踪而来，强行向你推销手中的商品，有时甚至采取讹诈的手段。实际也是一种乞讨。

活在世上几十年各种各样的乞丐也见过不少，可归纳起来无非分为两种。一种是没有劳动能力无法自食其力者；一种是好吃懒做谎话连篇骗取同情者。倘若说，前者可怜后者可悲的话，那么这种闻所未闻的“另类乞丐”就是十足的可恨之人了。

好在我知道无论什么国家，公民的素质都是参差不齐的。何况，越南四日这样不愉快的事只遇此一桩，与湄公河两岸美丽的风光和众多友好热情的越南兄弟相比，这位“另类乞丐”充其量算是一块白玉中的小小瑕疵而已。

想到这里，我的气也就彻底消了。

暖色称呼

早就知道越南的木雕工艺品在世界上享有盛名。他们有的刀法有力，形象粗犷豪放；有的做工细腻，形象栩栩如生。好不容易到越南一次，不买几件做纪念将是终生遗憾的事。可是，游了几座城市逛了数家商店均未如愿，不是价格不合理就是造型不理想。芒街是我们观光的最后一座城市，归国前要在那里逗留几个小时。于是，下了旅游车我就匆匆忙忙地赶到了市里，这可是唯一的一次机会了。

芒街不大，但因与中国只有一桥之隔，商贸事业搞的轰轰烈烈红红火火。大街两旁大大小小摊床林立，讨价还价声此起彼伏不绝于耳。我信马由缰地走到一家专门经营木雕工艺品的小店门前，脚还没等伸进去，一位四十多岁模样的女店主，就满面春风地迎了出来，用十分流利的中国话说了一句："同志，请进来选选吧!"她的话音刚落，我就木鸡样一下子愣怔在那里了。令我惊愕的不是她娴熟的汉语，也不是她滚烫的热情，而是她送给我的这个暖色的称呼。

实事求是地说，就是在国内我也很久很久没听到了。可我又偏偏对"同志"这两个字情有独钟，总固执地认为它是所有称呼里最温馨、最甜蜜的一种。

和我年龄相仿的人都知道，中国有那么几年“同志”二字珍贵得是不可以随便乱用的。它既是一个阶级的象征，又是一条路线的标志。我有一位远房亲属，就是因为在大街上打听路，稀里糊涂地管一个“反革命分子”叫了一声“同志”，结果自己也险些被打成“反革命分子”。而我的另一位直系亲属，在戴了几年“右派”帽子之后得到平反昭雪时，就是因为组织部的人在宣布大会上叫了他一声“同志”，他竟激动得热泪滚滚，连声说，我终于又变成“同志”了，我终于又回到革命阵营了。

不知是不是受他们的影响，自少年始我就把“同志”这两个字看得非常珍贵，也总在期盼着人与人之间别再设什么障碍了，都能自由自在地这样称呼。

遗憾的是，这一天终于来了之后，“同志”这两个字也渐渐在中国濒临绝迹了。女的几乎一律成了“小姐”“太太”，男的几乎一律成了“先生”“老板”。尽管随着“卡拉 OK”和“按摩房”的蓬勃兴起，“小姐”已变了味道，但是有些纯真的女孩宁肯冒着不纯真的危险，也不愿意接受“同志”的称谓。有一年，我到商店买袜子，脱口对一个二十来岁的女服务员喊了一声同志，她竟愣愣地看了我老半天。直到我慌忙改口叫了她一声“小姐”，她才看在我“知错就改”的分上，怏怏地丢给了我一双。

一开始我对这位女服务员的态度颇不理解，后来才彻底原谅了她。原来“同志”这个神圣的称呼，不知何时已成了同性恋者之间的暗语。从此，我再也不敢这样轻易叫别人了；自然，也没人敢轻易地这样叫我。

我用当年那位女服务员看我的目光看了那位店主一眼后，终于一股暖流汩汩地涌上了心房。其感觉真有点像解放前一个地下工作者找到了另一个地下工作者一样，什么国家与国家，民族与民族的界限一瞬间都不存在了，我对她陡地产生了信任感，脚便情不自禁地迈了进去。

她见我走了进来，又接着说，同志，我的商品在整个芒街可以说是最物美价廉了，不信您可以到处看看。

我说，不用看了，我相信您！

她一愣，咱们初次见面，您为什么这样信任我？

我笑了，因为咱们是同志啊，同志是不会欺骗同志的。

她也笑了，中越两国人民有过共同的敌人，有着共同的理想，当然是同志了。

她的话使我立刻陷入了深思，国内一些人废弃甚至亵渎了"同志"的称呼，从某种意义上来讲，是否也意味着对信仰的动摇和背叛呢？

思索间，那位店主已从柜台里拿出了一大堆商品让我任意挑选。我一看，不单样样造型精美，价格也比别的地方便宜不少。

我心满意足地买了好几件。临别前，紧紧地拉着她的手说，同志，再见！她也充满深情地回了我一句，再见，同志！

这是我前半生第一次和一位外国人握手，恐怕她也是我后半生唯一一位难忘的外国人了。

体会赌城

旅游车驶进赌城的时候，已是河内时间 22 点多。

越南的赌城，是革新开放后的产物。由外国人投资，供外国人消遣，也是外国人浏览的一个项目。

名曰“赌城”，实际就是一座并不高大的建筑和一个四四方方的大院儿。院里花草树木郁郁葱葱、芳香四溢，其间恰到好处地点缀着一个美丽的凉亭，环境十分优雅。

经过保安和电脑的双重检查，我们走进了一楼大厅。一楼大厅占地面积少说也有一千多平方米，百余架五颜六色的老虎机背壁而立，中央是几十张摆着扑克牌的豪华赌桌。与这偌大的空间和众多的赌具相比，赌者显得寥寥。据说，一楼都是小打小闹者，真正的大耍豪赌均在“谢绝参观”的二楼，腰包里不揣个几十万乃至上百万美金休想入内。

赌桌旁有三五群男士在赌扑克牌。尽管他们肤色不一、年龄不一，动作和表情却是惊人的一致。几张薄薄的扑克牌拿到手，都像启动千斤闸般似乎费了九牛二虎之力才缓缓地揭开，然后不是沮丧地皱皱眉就是兴奋地搓搓手。但，上帝真是很残忍，总是让他们皱眉的时候多搓手的时候少。因不懂游戏规则，不知道什么是输什么是赢，也无法忍受那种令人窒息的紧张气氛，始终觉得血压随着他们情绪的波动而升升降降。所以看了一会儿，我就落荒而逃了。

只有一个男孩和一个女孩在玩“老虎机”，看样子他们正处于如火如荼的热恋中。女孩长着一张古典的中国美人的瓜子脸，梳着现代的瀑布般的披肩发。虽然汉话说得很流利，却掺杂着软绵绵的洋腔和粤调，估计不是内地人。

她先是动作娴熟地将几枚或几十枚币子填到老虎机的嘴里，然后再用雪白细嫩的小手使劲地拍着那几个按钮。满以为能拍出一个意外的惊喜来，怎奈老虎机的胃口竟出奇得好，吞进去之后就再也不肯或很少吐出来了。“哎哟——我的手好痛啊”！她时不时地向男友撒娇地喊道。男友一会用温柔的目光抚慰她一下，一会心疼地揉揉她的小手。看得出，是十分恩爱非常甜蜜的一对儿。

趁那个女孩喘息之机，我问她一个币子多少钱？她说，一美元买四个。我粗略地算了一下，仅我站在她身边“观战”的不足一刻钟的时间里，她就投进去二三百枚币子，也就是说四五百元人民币都无端地入了“虎口”。此刻，她痛的也许不仅仅是手，恐怕还有胸膛里那颗急跳的心吧？我想。

正津津有味地看着，同团的老田捧来了一塑料罐币子，并让我也试试手气。我兴致勃勃地抓了一大把，选择了一台崭新的老虎机，也学着那个女孩的样子一投一拍。结果，运气也和那个女孩差不多，眨眼之间两手就变得空空了。因要的是刚刚结识三天的新朋友的钱，又怕勾起沉睡在灵魂深处的“赌欲”，于是我借故溜出了一楼大厅。

越南北方的十月，气候不冷不热，正是宜人的季节。我坐在舒适的凉亭里，沐浴着亚热带的习习夜风，望着赌城里辉煌的灯火，大脑开始翻江倒海起来。

嗜赌，乃是人类的天性。赌，也贯穿于人的整个一生。小到日常生活中的一举一动，大到生命关键时刻的每一项抉择，说穿了都是和别人赌和自己赌。只因古今中外赌博总是鬼使神差地输者众赢者寡，而赢者又容易养成不劳而获的恶习，输者又容易铤而走险成为社会的不安定因素，所以真正从人民利益出发的政府是一概禁止的。越南和中国有太多的相似之处；都是无产阶级政党执政的社会主义国家，都是经济比较落后的“第三世界”，都处于改革开放不久的“初级阶段”，在我们打赌扫黄斗争日甚一日的今天，他们却堂堂正正地开起了赌城，难道就不怕……

正杞人忧天地胡思乱想着，不知何时越南导游也坐在了我的身边，我按捺不住一股脑把这些担心都跟她讲了。她先是说自从赌城建立后，国家增加了多少税收，吸引了多少外商。继而淡淡一笑：“只要管理得好，你的那些担心是不会出现的。何况，政府明确规定本国公民一律不准入内。”

听了她的话我没吱声，也觉得从发展一个民族的经济角度来讲确实不是一件坏事。但，我的眼前还是一遍遍再现着赌桌前那一道道紧皱的眉头，耳畔也一次次回响着老虎机旁那个可爱的小同胞的声音：“哎哟——我的手好痛啊！

秀色可醉

龙也是越南人崇拜的图腾，越南人也是龙的一脉传人。多少人姓名有龙多少人属相为龙，我不得而知。仅以“龙”字命名的山水城乡，据说可以编个加强排。

下龙湾便是其中的一个。

下龙湾确定是个神奇的地方。在没见到它之前。导游小姐就自豪地给我们讲了一个美丽的传说。

说是很早以前，这个地方海盗猖獗民不聊生。此事，激怒了玉皇大帝，他就派了一群龙兵龙将下来看守。久而久之这片水域安宁了，那些龙兵龙将也变成了一座座小岛。

事实上，下龙湾要比传说美丽得多。千余座大大小小、开关各异、长满低矮灌木的青山，像一朵朵荷花般怒放在浩浩渺渺的绿水中。有的一山独秀，有的群峰争奇，有的像好斗的公鸡，有的像异动的雄鹰，有的像打坐的和尚，有的像高耸的炮台……且姿态和颜色变幻莫测，随着观察的角度和季节的不同而不同。因山的鬼斧神工、水的秀丽壮美，被世人誉为“世界八大奇观之一”，1994 年 12 月 14 日，联合国也把它正式列入了《世界遗产名录》。

我们旅游的终点是越南首都河内，上河内走水路，下龙湾是必经之径。或许组织者知道这样的好山好水，只靠一次“走马观花”是很难饱游人眼福的，所以又特意安排了一个下午进行专门游览。

跳上游船已是河内时间12点多，工作人员早已把船舱布置成了餐厅。为了方便游客边吃边赏，他们还煞费苦心地让所有的餐桌都紧靠船窗。人尚未坐稳，带有南国风味的中国饭菜就端上了桌。按照预付的伙食标准是不配酒水的，然而身居此情此景之中没有酒怎能尽兴！何况，同桌的四人除了作家恒因贵体小恙不便饮酒外，诗人亚、山和我都是能喝半斤八两的主，平时相聚都要猜拳行令一番，此时此地哪有不开怀畅饮之理。否则，不单对不起自己，更愧对了越南这片神山圣水！

亚一马当先地蹿到了前面，在柜台处买了一瓶越南高度米酒。之后，我们三人便三一三余一的慢呷起来。说是慢呷，怎奈那山那水却一次次让我们激动不已热血沸腾，谁还能慢呷得了！只好一次次地欢呼一次次地举杯！游程未过半酒瓶已见底，兴致正浓岂能就此罢休！这时，我和诗人山都不约而同地站了起来。不料，手刚伸进口袋就被亚蛮横地按住了，且大有我们如一意孤行就很不哥们之意！好在朋友熟我们已对他这种“蛮横”习以为常，只好听之任之顺其自然了。我节外生枝地说了这一番话，决没有用几句美言就把欠亚多年的酒水债轻轻打发了的企图。而真正想告诉读者的是，人处于青山绿水之中会莫名其妙地淡泊、无私、豪爽、豁达起来。慷慨者如亚之类如此，不怎么慷慨者如我们之辈亦如此。这或许就是自古好汉都出自绿林，而龌龊的都市都很少有豪杰的缘故吧！

直到第二瓶高度米酒也都成了我们的囊中之物，我们三个才跌跌撞撞地走出船舱。两手刚搭上栏杆，我就仿佛误入了仙境。抬头看，千妩百媚的水碧波荡漾；俯首瞧，百态千姿的山擦肩而过。看着看着我突然诗兴和酒劲一起大发，用《红星照我去战斗》中的曲子胡诌八咧了一支小调："小小游船山中游，滔滔海水两岸走……"是错觉亦非错觉，是醉话亦非醉话。山和水，搭配得如此诗情画意恰到好处，亲密得如此天衣无缝浑然一体，恐怕整个世界也没有第二个地方了。

应该承认那天我确实醉了，而且醉得一塌糊涂、莫名其妙。越南所谓的高度米酒充其量也不足30度，为什么就轻易灌倒我这个用60度老白干培养出来的中国北方大汉了呢？直到打开电脑写这篇小文时，我才恍然大悟。中国有句成语，叫"秀色可餐"。该"秀色"是指女性。其实，秀丽的山水不光可餐还可醉。

那天我就是被九龙湾的秀色醉倒的呀！

（完）

图书在版编目(CIP)数据

迷失的风景 / 李长春著. — 北京 : 中国文史出版社, 2017.2

(中国专业作家散文典藏文库·李长春卷)

ISBN 978 - 7 - 5034 - 8538 - 1

Ⅰ. ①迷… Ⅱ. ①李… Ⅲ. ①散文集 - 中国 - 当代 Ⅳ. ①I267

中国版本图书馆 CIP 数据核字(2016)第 268229 号

责任编辑:蔡晓欧

出版发行:**中国文史出版社**
网　　址:http://www.chinawenshi.net
社　　址:北京市西城区太平桥大街 23 号　邮编:100811
电　　话:010 - 66173572　66168268　66192736 (发行部)
传　　真:010 - 66192703
印　　装:廊坊市海涛印刷有限公司
经　　销:全国新华书店
开　　本:720 × 1020　1/16
印　　张:13.75　　字数:164 千字
版　　次:2017 年 2 月第 1 版
印　　次:2017 年 2 月第 1 次印刷
定　　价:36.00 元